Michael Köhlmeier ❧ Dein Zimmer für mich allein

Für Undine und Oliver

»Er würde ihr eine Perlenkette oder ein schönes Untergewand schenken, sagte er; und es standen ihm Tränen in den Augen. Wie konnte sie ihm ungehorsam sein? Wie konnte sie ihm das Herz brechen?«

Virginia Woolf: Ein Zimmer für sich allein

»Vor meinen Augen«, sagte der junge Mann, »war ein Ohr. Wenn ich die Zunge herausgestreckt und mich nur ein wenig vorgebeugt hätte, hätte ich das Ohr berührt. So nahe bei mir stand der Mann. Er hatte vergessen, den Mantel auszuziehen, bevor er in den Zug gestiegen war. Jetzt war es nicht mehr möglich. Darüber sprach er mit mir. Ich verstand ihn nicht gut. Nur wenig verstand ich. Ich hatte seine Sprache noch nicht ausreichend gelernt, und er redete zudem undeutlich und beiseite. Wir konnten uns kaum rühren.

Der Zug hatte eine Dreiviertelstunde Verspätung und das nur deshalb, weil es so lange gedauert hatte, bis alle eingestiegen waren. Von Einsteigen konnte übrigens nicht die Rede sein. Eingestiegen sind vielleicht die ersten. Und die sind eigentlich geschoben worden. Ihr Hineinstolpern kann nicht Einsteigen genannt werden. Ihre Koffer waren durch die Fenster gehievt worden. Auch kleine Menschen, Kinder und geschrumpfte alte Frauen, waren durch die Fenster gehievt worden. Zuerst bedauerte ich, daß ich keinen Sitzplatz in einem Abteil bekommen hatte. Dann war ich froh darüber. In einem Abteil, das für sechs Menschen gedacht war, drängten sich bis zu fünfzehn. Zum Glück hatte ich mein Wasser abgeschlagen, bevor ich in den Zug gestiegen war. Für manche war das ein Problem. Sie sprachen offen darüber. Manche jammerten.

Dann sagte eine Männerstimme, er sei gebeten worden zu fragen, ob jemand etwas zu trinken habe. Die Stimme klang ganz frisch, weder gepreßt, noch fix und fertig, wie gewiß meine Stimme geklungen hätte. Warum formuliert er das so, dachte ich. Ich vermutete, daß er die Sprache des Landes ebenso wenig beherrschte wie ich. Es ist ja lustig und interessant, daß man oft jene am besten versteht, denen die Sprache fremd ist – einen Polen in Amerika, einen Schweizer in England … Aber was erzähle ich denn da!«

»Ich verstehe, was Sie meinen«, sagte ich.

»Ja, das sicher«, sagte er, »aber es kommt mir jetzt nicht auf einen Polen in Amerika oder einen Schweizer in England an.«

»Das weiß ich doch«, sagte ich.

Im Café Eiles in Wien saß er mir gegenüber und trank Kakao. In einer der Nischen hatte ich auf ihn gewartet, hatte meine Fußspuren auf dem Parkett trocknen sehen, hatte in der »Neuen Zürcher Zeitung« einen ganzen Artikel über Litauen gelesen und war zweimal nach vorne zur Theke gegangen, um nachzuschauen, ob er sich nicht vielleicht in den anderen Flügel des Cafés gesetzt hatte. Dann sah ich ihn in dem großen Spiegel, der die ganze Rückwand des Cafés ausmacht. Er hielt ein Taschentuch in der Hand, schwenkte es vor sich her wie ein Parlamentär. Ein weißes Taschentuch hatte er als Zeichen vorgeschlagen. Er trug einen schweren schwarzen Anzug, der wenig gepflegt war, und darunter ein buntes Hemd. Er hatte dunkles, langes Haar und schmal rasierte Koteletten. Er bestellte eine Tasse Schokolade, legte die Füße um den Sockel des Marmortischchens. Seine Angewohnheit war, den Kopf einzuziehen und beim Trinken über die Tasse zu schauen, als sänne er einem Gedanken nach. Er lachte nicht. Ich überprüfte das mit einem Scherz. Dann mit noch einem. Er lachte nicht. Sein Ernst war komisch, sein Akzent unüberhörbar. Aber er drückte sich klar, manchmal sogar gewählt aus. Ich schätzte ihn auf etwa achtundzwanzig.

Es ist zu umständlich zu berichten, wie wir uns kennengelernt haben, und es spielt auch keine Rolle. Er wollte mir eine Geschichte erzählen. Er hatte sich am Telefon vorgestellt. Ich hatte seinen Namen nicht verstanden und nachgefragt. Er hatte ihn wiederholt, aber ich hatte ihn nicht notiert. Es war ein langer Name. Ich wußte nicht, wie ich ihn hätte schreiben sollen. Ich fragte ihn im Café noch einmal nach seinem Namen. Er blickte mich lange über seine Tasse hinweg an, dann schüttelte er den Kopf.

»Wenn sich Ihr Ohr so dagegen sträubt, will ich das nicht tun. Sie brauchen ja meinen Namen nicht.«

»Wie soll ich Sie dann nennen«, fragte ich.

»Wie Sie wollen«, sagte er. »Nennen Sie mich, wie Sie wollen.«

Meistens sprach er deutsch, manchmal sprach er englisch. Manchmal verfiel er in seine Muttersprache. Er kam mir vor wie ein Spaßmacher, der eine Nummer spielt, in der einer so tut, als könnte er zaubern, es aber nicht kann, so daß man die Nylonfäden an den Dingen sieht, die er aus seinem Anzug zieht, und das ist der Spaß. Seine Zauberdinge waren die Worte, die hackte er mit seinen Zähnen zurecht und rollte sie mit seiner Zunge in die gewünschte Form. Darum kam er mir wie ein Spaßmacher vor. Ich sagte es ihm.

»Ich verstehe das Wort, aber ich vermute, es bedeutet etwas anderes, als ich denke«, entgegnete er und fuhr dann ohne weitere Überleitung in seiner Geschichte fort. »Eine Männerstimme fragte, ob jemand eine Flasche Wasser habe, da sei nämlich ein Kind, das weine, weil es so durstig sei. Die Frage wurde durch den Waggon weitergegeben. Aber es kam keine Antwort zurück. Es war so heiß im Zug, daß alles Wasser schon aufgetrunken war. Habe ich schon gesagt, daß Winter war?«

»Nein«, sagte ich.

»Es war Winter. Es war ein sehr kalter Winter. Da heizt man in den Zügen. Da ist es schon zu heiß, wenn der Zug leer ist. Aber wenn er so voll ist, ist es heiß, wie man es sich nicht ausdenken will. Ich hörte das Kind schreien. Ich selbst hätte auch gern geschrien. Dann hätte ich in das Ohr dieses Mannes geschrien, der wohl Manieren hatte, denn sonst wäre er nicht so freundlich gewesen, sich beim Reden zur Seite zu drehen. Niemand hatte Wasser.

Ich hatte meinen Mantel im Bahnhof ausgezogen, weil ich das bereits kannte, dieses Stehen in vollen Zügen. Den Koffer hatte ich zwischen meine Füße gestellt und den Mantel daraufgelegt. Ich besaß einen guten Mantel. Er war fest und sein Stoff dicht, und dann war noch zusätzlich ein Futter eingeknöpft. Unter meinem Mantel mußte ich auch im kalten Winter nichts anderes anhaben als ein Hemd und ein Unterhemd. Das war ein Vorteil. Andere im Zug hatten unter ihren Mänteln noch Pullover an. Auch sie hatten zwar vor Beginn der Fahrt ihre Mäntel ausgezogen, aber ihre Pullover hatten sie angelassen, und jetzt schwitzten sie und konnten die Pullover nicht ausziehen.

Draußen schneite es. Es schneite so dicht, daß man keine zwanzig Meter weit in die Landschaft sehen konnte. Weil ich das Ohr des Mannes so aufmerksam studiert hatte, wußte ich nicht, wie lange wir schon unterwegs waren, und darum wußte ich auch nicht, wo wir uns befanden. Ich kannte die Strecke, aber ich kannte sie nur von Blicken aus dem Zugfenster, meistens hatte ich bis zur Grenze geschlafen oder etwas gelesen. Ich kannte die Strekke eigentlich nicht. – Sie wollen mich einen Spaßmacher nennen?«

»Das will ich nicht, wenn Sie das nicht wünschen«, sagte ich.

»Nein, mich sollen Sie nicht so nennen«, sagte er. »Aber ich habe einen in mir, denke ich, und den dürfen Sie so nennen.«

»Ja«, sagte ich.

»Ja«, sagte er. »Ich mache gern einen Spaß. Mir mache ich einen Spaß manchmal. Sagt man das so – ich mache mir einen Spaß? Ich meine damit, ich sage Sachen, die ich nicht will. Oder ich müßte es besser so ausdrücken: Ich mache den Mund auf und weiß nicht, was ich sagen werde. Unsere wichtigsten Entschlüsse denken wir ohne Worte. So ist es. Es ist, als wäre in mir noch einer, der die meiste Zeit in seinem Zimmer sitzt. Vielleicht ist er eingesperrt. Ich weiß das nicht so genau. Manchmal will er heraus, und ich lasse ihn nicht. Manchmal möchte ich, daß er herauskommt, und er will nicht. Aber meistens ist es so, daß ich mir denke, jetzt wäre es Zeit, daß er wieder einmal herauskommt, und ich mache die Tür auf, und er wartet schon dahinter. Können Sie sich ein Bild machen?«

»Kann ich schon«, sagte ich.

»Den nenne ich ab jetzt Spaßmacher«, sagte er. »Weil Sie mir das Wort gegeben haben. Darf ich noch eine Tasse Kakao auf Ihre Rechnung haben?«

»Natürlich«, sagte ich. Ich bestellte, und er erzählte weiter.

»Wir fuhren durch den Schnee, es war Nachmittag. Weil der Schnee so gegen die Scheiben wirbelte und wir nur weiß sahen, war es, als wäre draußen keine Welt, als bohre sich der Zug von einer Welt durch das Nichts in eine andere Welt. Und nur ein Thema war. Nur ein Thema: Wasser. Inzwischen sprachen nämlich alle miteinander. Es tat uns wohl, daß wir ein gemeinsames Thema hatten. Und besonders wohl tat es uns, daß wir dachten, es nimmt dem Kind da hinten vielleicht ein wenig den Durst, wenn wir darüber reden. – Das mit dem Spaßmacher ist gut, das gefällt mir. Doch, doch. Sie werden gleich sehen.

Plötzlich wird der Zug nämlich langsamer, und plötzlich bleibt er stehen. Wir schauen zum Fenster hinaus. Aber da ist kein Bahnhof. Der Zug steht auf offener Strecke. Da ist wahrscheinlich ein Signal, und das gibt die Weiterfahrt nicht frei. Und jetzt kann man draußen auch mehr erkennen, weil der Schnee nicht mehr so gegen die Scheibe gewirbelt wird. Eine Straße kann man erkennen. Und noch etwas. Eine Tankstelle. An der Straße ist eine Tankstelle, und die steht genau auf der Höhe unseres Zuges. Genau auf der Höhe des Fensters, durch das ich schaue, muß ich präzisieren. Und da denke ich mir, so, jetzt könntest du wieder einmal den Spaßmacher aus dem Zimmer deiner Seele herauslassen. – Sie haben mir das Wort gegeben. Endlich habe ich einen Namen für ihn.«

»Sie machen sich lustig über mich«, sagte ich.

»Stört Sie das?« fragte er.

»Nein, nein«, sagte ich.

»Ich sperre die Tür zu dem Zimmer auf, in dem mein Spaßmacher lebt. Und da steht er schon und sagt:

›He, hebt mich hoch, dann steige ich durchs Fenster und lauf schnell hinüber zu der Tankstelle und hole Wasser für das Kind!‹

Das sagt mein Spaßmacher. Ich sage das. Mein Mund jedenfalls sagt das. Der, den Sie Spaßmacher nennen, setzt mir solche Schwachheiten in den Kopf.

Und Menschenskind: Ich bekomme Applaus. Der Mann, dessen Ohr ich wie im Traum studiert hatte, dreht sich nun zu mir und drückt mir die Hand. Wir müssen beide unsere Hände über unsere Schultern heben, so eng stehen wir beisammen. Mit stillbegeistertem Kopfschütteln blickt er mich dabei an.

›Passen Sie auf meine Sachen auf‹, sage ich.

›Es ist mir eine Ehre‹, betont er. ›Das sage ich nicht nur so bloß.‹

›Auf meinen Mantel und meinen Koffer.‹

›Auf Ihren Mantel und Ihren Koffer.‹

Dann heben sie mich hoch. Hände strecken sich nach mir aus. Jeder will mich berühren. Vielen gelingt es nicht. Die machen schnappende Handbewegungen, als wollten sie ein Stückchen von mir abzupfen. Das Fenster wird heruntergeschoben. Zuerst wollen sie mich mit dem Kopf voraus durch das Fenster heben.

›Nein‹, wehre ich mich, ›so geht das nicht. Dann falle ich ja aufs Gesicht!‹

›Beeil dich!‹ höre ich jemanden rufen, und es kränkt mich, daß man mich so mir nichts, dir nichts duzt. Den, der sich aufopfert, sollen sie nicht duzen! Man dreht mich um, so daß ich mit den Beinen voraus durch das Fenster gehoben werden kann.

›Beeil dich‹, rufen jetzt auch noch andere, ›sonst fährt der Zug ab, und das Kind kriegt sein Wasser nicht!‹

Ist denn mein Ruhm bereits verflogen, denke ich. Daß sie sich nur um das Kind Gedanken machen und nicht um mich? Daß sich keiner um mich sorgt? Könnte ja sein, daß ich unglücklich falle und mir ein Bein breche.

Sie geben mir einen Stoß. Ich falle aus dem Zug, lande unsanft auf der Seite und rutsche über den Schnee. Ich hatte ja nur mein kariertes Flanellhemd an. Im Zug war es heiß, hier draußen aber kalt. Der Schnee drang mir in die Ärmel und in den Nacken.

›Hast du das gewollt?‹ frage ich meinen Spaßmacher. Aber der versteckt sich in seiner Kammer, ist unter sein Bett gekrochen.

›Lauf schon! Lauf!‹ höre ich die im Zug rufen.

›Ich habe kein Geld‹, sage ich. ›Mein Geld ist in meinem Mantel.‹

Jemand warf mir einen Schein zu. Der flatterte davon, ich mußte durch den Schnee stapfen, um ihn zu erwischen. Der Schnee reichte mir bis zu den Knien.

›Lauf doch!‹ riefen sie. ›Was machst du denn? Lauf! Lauf! Beeil dich!‹

›Paßt bitte auf meinen Mantel und meinen Koffer auf‹, bat ich.

›Lauf endlich! Lauf endlich!‹ riefen sie. Es klang nicht mehr freundlich. Ein Held war ich längst nicht mehr.

In hohen Sätzen hüpfte ich durch den Schnee zu der Tankstelle hinüber. Und bald war ich dort, da schoß es mir ein: Was heißt Wasser? Was heißt Wasser in der Sprache hier? Wo sind wir eigentlich? Wie redet man hier eigentlich? Ich sage Ihnen, ich weiß in mindestens fünf Sprachen, was Wasser heißt, in mindestens sieben Sprachen. Water – englisch. Wasser – deutsch. Eau – französisch. Agua – spanisch. Acqua – italienisch. Woda – polnisch. Apă – rumänisch. Ach, noch in viel mehr Sprachen weiß ich, was Wasser heißt. Das muß man wissen, denn der Mensch verdurstet in drei Tagen. Su – türkisch. Vatter – schwedisch. Aber als ich durch den Schnee auf die Tankstelle zulief, wußte ich nur noch, was Wasser in meiner Muttersprache hieß.

Zum Glück mußte ich nicht warten. Es war kein anderer Kunde da. Hinter der Kasse saß ein Mann in einem blauen Overall, der hatte eine Brille, die war so stark, daß die Augäpfel wie eingesetzt wirkten. Das hat mich einen Moment lang fassungslos gemacht, und das war gut, denn das Wort fiel mir ein.

›Wasser‹, sagte ich und legte den Geldschein vor ihn auf den Ladentisch.

Er griff unter sich und holte drei Flaschen Mineralwasser hervor. Warum, Mann, schaust du mich nicht an, dachte ich. Ich nahm die Flaschen und war schon wieder draußen. Er wird sich gedacht haben: Warum, Mann, läufst du so schnell?

Aus der Schneewolke zog ich meine Schlüsse. Der Zug fuhr bereits. Noch nicht schnell, aber er fuhr. Und ich konnte ihn nicht mehr erreichen.

So, dachte ich bei mir, nun hast du drei Flaschen Mineralwasser und hast deinen Koffer nicht mehr und deinen Mantel nicht mehr.

Und der Spaßmacher in meiner Brust steckte den Kopf aus seiner Kammer und ergänzte: ›Hast auch kein Geld mehr und hast keinen Paß mehr!‹

Und mein Körper wußte auch etwas: ›Ich friere. Ich werde erfrieren‹, sagte der.

Ein kleiner Chor war ich.

Und mein Kopf wußte auch etwas: ›Nicht gleich zu dem Mann in der Tankstelle gehen und erzählen, was passiert ist‹, so sagte mein Kopf. ›Tu das ja nicht! Er wird dir nämlich nicht glauben. Du beherrschst seine Sprache nicht, und du hast keinen Paß, und du hast kein Geld. Er wird die Polizei rufen. Was würdest denn du an seiner Stelle tun? Du würdest das gleiche tun.‹

Das dachte ich, während ich dem Zug nachschaute. So sang der kleine Chor, der ich war. Sie werden das Meine unter sich aufteilen, dachte ich. Meine zwei Lieblingsbücher werden sie zum Fenster hinauswerfen, denn die will bestimmt keiner haben.«

»Was sind Ihre zwei Lieblingsbücher?« fragte ich.

»Inzwischen habe ich andere Lieblingsbücher«, sagte er, »aber die brauchen Sie nicht zu interessieren. Und die Lieblingsbücher von damals sind über die Berge. Ich mag sie nicht nennen.

Ich hatte eine Hose an, hatte gute Schuhe an, und oben hatte ich nur ein Hemd an. Und darunter hatte ich eine Unterhose an und ein langärmeliges Unterhemd. Das war ich.

Die Wasserflaschen waren kalt in meinem Arm und schwer. Ich dachte, wo eine Tankstelle ist, wird eine Ortschaft nicht weit sein. Das hatte natürlich keine Logik, aber Trost hatte es. In einer Ortschaft, sagte ich mir weiter, da ging ich bereits an der Straße entlang, in einer Ortschaft gibt es einen Bahnhof, und in dem Bahnhof gibt es einen Warteraum, und in dem Warteraum ist es warm. Weiter dachte ich nicht. Es war schon weit genug.

Ich ging neben der Straße. Erst ging ich, dann lief ich, dann rannte ich. Weil ich nicht erfrieren wollte. Bald war Nacht. Eine Wasserflasche warf ich weg. Ich habe ja nur zwei Hände. Die anderen beiden Flaschen aber warf ich nicht weg. Denn wer wußte, was kommen wird, und der Mensch verdurstet nach drei Tagen. Wollen Sie etwas fragen?«

»Ja«, sagte ich. »Fuhren Autos an Ihnen vorbei?«

»Ja, es fuhren Autos an mir vorbei. Das war unangenehm. Weil es auch gefährlich war. In dem Schneetreiben hätte man mich übersehen und niederfahren können.«

»Es hätte aber auch einer anhalten und Sie mitnehmen können«, sagte ich.

»Das hätte sein können«, sagte er. »Ich glaube, das wäre nicht gut gewesen. Was denkt sich ein Autofahrer, der mitten im Winter, mitten in der Dunkelheit einen Mann neben einer Landstraße gehen sieht, einen Mann, der oben nur ein Hemd anhat, unten zwar gute Schuhe, aber die sieht er nicht, und der dann noch zwei Mineralwasserflaschen in den Händen hält? Was denkt sich da ein Autofahrer? Ich will gar nicht wissen, was der sich denkt.

Ich wollte es nicht wissen. Darum bin ich von der Straße weggegangen. Ich bin durch den Schnee gegangen, im Frühling und im Sommer und im Herbst wird hier ein Feld sein, sagte ich mir, ein harmloses Feld.

Die Wahrheit ist, ich habe so sehr gefroren, daß ich schon wieder zu träumen angefangen habe. Ich habe vor Kälte geträumt, so wie ich im Zug vor Hitze geträumt habe. Im Zug habe ich das Ohr dieses Mannes studiert, jetzt studierte ich die Weißheit vor meinen Augen. Es war nämlich eine dunkle Weißheit, fast schwarz. Sie muß schwarz sein, dachte ich, denn nirgends ist Licht. Auch wenn der Schnee das Weißeste ist, was es in der Sprache dieses Landes gibt, dachte ich, kann er nicht weiß erscheinen, wenn kein Licht auf ihn fällt. Wo aber ist Licht?

Da sah ich Licht.

Ich hatte wieder geträumt, und während meines Traumes hatte es zu schneien aufgehört. Der Himmel hatte zwar nicht aufgeklart, das nicht, aber nun war Raum genug in der Welt, so daß ich mich in der Umgebung zurechtfinden und weit genug blicken konnte, um die zwei Wohnblocks zu sehen, die vor mir standen.

Ich fror nicht mehr. Ich war wach und frisch, als hätte ich geschlafen. Das machte mich mißtrauisch.

Du wirst erfrieren, sagte ich mir. Wenn du nicht schnell in einen warmen Raum kommst, wirst du erfrieren.

In den unteren Stockwerken brannten Lichter, oben war alles dunkel. Darüber wunderte ich mich nicht, ich achtete nicht darauf. Ich sage das nur jetzt schon, weil das wichtig ist für meine Geschichte. Wollen Sie sich bitte merken, daß nur unten Licht war und oben nicht?«

»Ja«, sagte ich, »ich will es mir gern merken.«

»Mir war, als käme ich nach Hause. Von den beleuchteten Fenstern ging eine Heiterkeit, ein Gefühl von Geborgenheit und eine wohlige Müdigkeit aus. Ich hatte immer noch die Wasserflaschen in den Händen. Ich wollte sie fallen lassen, aber es gelang mir nicht. Die Hände gehorchten mir nicht. Als wären sie um die Flaschenhälse herum gefroren. O ja, dachte ich, die Flaschen wollen bei mir bleiben, denn sie wissen, daß der Mensch nur drei Tage ohne Wasser sein kann.

Es waren drei Wohnblocks, und sie waren noch im Rohbau. Das heißt, sie waren zum Teil bewohnt. Die unteren zwei Stockwerke waren bewohnt, das Erdgeschoß und die ersten beiden Stockwerke. Die oberen Stockwerke waren hohl, die Fenster waren noch nicht eingelassen.

›Was stehst du davor mit steifem Rücken und glotzt wie ein Hirte‹, sagte der Spaßmacher in seiner unverwüstlich gemütlichen Laune. ›Das Wasser in den Flaschen wird frieren und dein Blut auch.‹

Als ich im Hausflur stand, sagte ich mir: Überlege zuerst, geh zuerst nach oben in den unbewohnten Teil und überlege dir, was du als nächstes machen willst.

Ich schlich mich durch die Dunkelheit über die Stiegen hinauf. Ich wagte es nicht, Licht zu machen. Die Böden waren notdürftig mit Brettern belegt. Ich mußte vorsichtig sein, damit ich nicht stolperte.

Zwischen bewohntem und unbewohntem Teil waren Nylonbahnen gehängt, damit die Zugluft von oben abgehalten würde. Ich schob die Bahnen beiseite und betrat den unausgebauten Teil. Hier war es deutlich kälter.

›Draußen war es nur kalt‹, sagte der Spaßmacher. ›Hier ist es kalt und es zieht obendrein. Draußen wäre es besser gewesen.‹

Was sollte ich tun? Sollte ich zu einer der Türen unten gehen und klingeln? Was sollte ich sagen? Die Tür geht auf, ein Mann oder eine Frau sieht mich an, der ich im Dunklen stehe, mit den Zähnen klappere, nichts bei mir habe, nur ein Hemd anhabe und die Sprache nicht richtig kann. Das kann ich vielleicht am Tag machen, sagte ich mir, aber nicht bei Dunkelheit. Sie werden die Tür zumachen und die Polizei rufen. Aber, sagte ich mir, wäre das nicht gut für mich? Was wird die Polizei mit einem wie mir tun? Sie wird mich einsperren. Eine Nacht lang. Vielleicht noch den folgenden Tag. Sie wird mich aushorchen wollen und mir meine Geschichte nicht glauben. Aber sie wird mich in eine Zelle sperren, die geheizt ist. Sie wird mir zu essen und zu trinken geben. Sie wird einen Arzt holen, wenn ich krank werde. Das wird die Polizei tun. Denn das muß sie tun.

Meine Augen hatten sich inzwischen an den Raum gewöhnt. Aufgestapelt lagen hier Styroporplatten. Der halbe Raum war voll davon. Auch in den anderen Räumen in diesem Stockwerk war Isoliermaterial gelagert. Ja freilich, die würde man im Frühling außen auf die Mauer kleben, dachte ich, damit es die Bewohner im Sommer fein warm haben. Morgen, dachte ich, morgen werde ich unten bei einem der Mieter klingeln, aber diese Nacht werde ich hier verbringen.

Ich machte mich ans Werk.

Wissen Sie, unter normalen Lebensumständen bin ich ein nachlässiger Mensch, ein unpünktlicher Mensch. Habe ich Sie warten lassen?«

»Fünfundzwanzig Minuten«, sagte ich.

»So genau wissen Sie das?«

»Ja. Aber es macht nichts.«

»Mein Bruder sagt, Unpünktlichkeit ist eine Art von Geistesschwäche. Andere sagen, Unpünktlichkeit sei eine Art von moralischer Schwäche. Ich frage Sie nicht nach Ihrer Meinung. Ich gebe meinem Bruder recht. Ich kann Ihnen zwar seine Ableitung hier nicht wiederholen, ich fand seine Argumente plausibel.

Ich kann pauschal zusammenfassen: Im normalen Leben bin ich ein schlechter Mensch. Nicht, was meine Moral betrifft. Die Moral ist eine Beschäftigung der Gedanken. Moralisch kann man aus dem Stegreif leben, aber um zu funktionieren, braucht man Schule. Für gewöhnlich bin ich ein schlecht funktionierender Mensch, das meine ich, ein verbummelter Mensch. Aber in dieser Ausnahmesituation – ich war durchfroren, ich wußte, ich würde krank werden, ich war in einem fremden Haus, wenn mich jemand angetroffen und erschlagen hätte, kein Gericht würde ihn verurteilen – , es war eine Ausnahmesituation, und da funktionierte mein Verstand. Meine Intelligenz entsprach meiner planerischen Absicht.

Vielleicht war es ja auch der Spaßmacher in mir, von dem ich damals gar nichts wußte, auf den erst

Sie mich aufmerksam gemacht haben, der aus dem Herzen einen Stock höher in der Kopf gestiegen war und dort die Dinge in die Hand nahm.

›Das ist Styropor‹, sagte er, ›ein Wunder, das in der Natur nicht vorkommt. Leg deine Hand darauf! Es ist so warm wie deine Hand. Es ist nicht wärmer als deine Hand, und es ist nicht kälter als deine Hand. Es ist genauso warm wie du. Kennst du etwas Vergleichbares in der Natur?‹

›Nein‹, sagte ich.

›Dann bediene dich heimlich! Willst du das tun?‹

›Warum nicht‹, sagte ich.

›Korrektheit und Intaktheit sind für den Heimlichen oberstes Gesetz‹, sagte der Spaßmacher. ›Du darfst nichts verändern. Jedenfalls darf es von außen nicht so aussehen, als hätte hier jemand etwas verändert. Du weißt ja nicht, ob morgen früh jemand hier heraufkommt, zu welchem Zweck auch immer.‹

Hier lagen keine Bretter auf dem Boden. Der Boden war rauher Beton. Krumme Nägel glaubte ich zu erkennen und krustige Zementbrocken.

›Beton ist ein guter Schallleiter‹, sagte der Spaßmacher. ›Paß auf! Die da unten wohnen, sie können jeden Tritt von dir hören.‹

Ich machte mich über einen dieser Stapel Isolierplatten her. Ich schichtete die Platten neu und anders aufeinander. Und zwar so, daß innen ein Hohlraum war, ungefähr so lang, wie ich groß bin, und etwas breiter, als ich breit bin, und ungefähr so hoch, daß ich mich bequem umdrehen konnte. Von außen sah der Stapel aus wie vorher, vielleicht ein wenig breiter und ein wenig höher, aber das fiel gewiß nicht ins Auge.

›Trink nicht‹, sagte der Spaßmacher. ›Auch wenn du Durst hast, tu's nicht! Warte damit, bis du dich aufgewärmt hast.‹

Der Stapel stieß hinten an die Außenwand des Raumes. Dort ließ ich den Eingang zu meiner Höhle. Ich mußte einige Platten verschieben, dann konnte ich hineinkriechen. Ich vermutete, es würde heiß dort drinnen werden, so heiß, wie mein Körper Temperatur hergab. Ich würde schwitzen.

Ich weiß nicht, wie lange ich arbeitete. Ich war erschöpft und müde und fiebrig. Ich kroch in meine Höhle, rückwärts kroch ich hinein, so daß mein Kopf zum Eingang zeigte. Augenblicklich umgab mich wohlige Wärme. Ich fühlte mich aufgehoben, und dumpf und stumpfsinnig glücklich und schlief ein.

In der Nacht irgendwann erwachte ich. Ich fieberte. Ich hatte geträumt, ich bekomme keine Luft. Ich war naßgeschwitzt. Der Stoff klebte an meinen Hosenbeinen, meine Haare fühlten sich ölig an.

Ich kroch aus meiner Höhle. Ein roher und herrischer Instinkt hatte mich geweckt. Der Spaßmacher in mir schlief wohl noch. Nichts Lustiges kam mir in den Sinn, und geistreich fühlte ich mich auch nicht. Und Rat gab mir niemand. Ich brauchte und wollte haben. Ich war Mangel.

Ich blickte durch eine der Fensterhöhlen. Finsterste Nacht war draußen. Für mich inszeniert, bis hinaus, bis hinauf, nach oben ist unsere Welt grausig offen. Die Zugluft krallte sich an Rücken und Brust. Wenn ich weiter hier stehenbleibe, riskiere ich eine Lungenentzündung, dachte ich. Aber in die Höhle wollte ich nicht zurück. Ein unentrinnbares Gefühl der Verlassenheit und Hilflosigkeit stieg in mir hoch.

Kennen Sie das? Wenn Sie eine Fiebernacht hinter sich haben und am nächsten Tag Ihr Bett anschauen, dann ist Ihnen das Bett unheimlich, es erzählt Ihnen von einer Qual, von einer Beschämung auch, von Ihrer Niedergeschlagenheit und Ihrer Nutzlosigkeit. Das Bett ist ein Beweis dafür, daß es geschehen konnte, Sie aus Ihrem Leben zu reißen. Das hält man ja in der Fröhlichkeit des Tages nicht für möglich. Man denkt sich: Ja freilich, ein Unglück kann kommen, wenn man daran nicht zugrunde geht, dann ist nichts passiert. Ich bin dann immer noch ich. Und dann: Schon das kleinste bißchen Krankheit beweist Ihnen, daß es nicht so ist. Daß Sie nämlich bereits eine Fiebernacht aus der Bahn werfen kann, zäh hineinziehen kann in einen Alptraum. Und davon erzählt Ihnen am nächsten Morgen, wenn scheinbar alles vorbei und überstanden ist, Ihr Bett.

Mein Bett war der Kern eines sauberen Stapels weißer Styroporplatten. Und dieser Stapel wirkte nun wie eine gespenstische Bedrohung auf mich. Lieber wäre ich in der eisigen Zugluft stehen geblieben, als zurück in meine Höhle zu kriechen.

Ich hatte nichts, was ich über mich hätte legen können, nichts, womit ich mich vor der Kälte hätte schützen können. Ich trat hinaus in das unfertige Stiegenhaus, setzte mich auf die Treppe, wickelte mich in die Nylonbahnen, die das unfertige Stockwerk von dem fertigen trennten. Ein wenig hielten die Bahnen die Kälte ab. Vor der Zugluft bewahrten sie mich.

Von hier aus konnte ich eine der Wohnungstüren unter mir beobachten. Ich weiß nicht, worauf ich eigentlich wartete. Ich wartete darauf, daß es hell wurde. Dann wird ein Mensch aus dieser Tür kommen, sagte ich mir. Dann werde ich weitersehen. Weil oben im Vorraum zu meiner Etage die Fensterlöcher mit Verschalbrettern und anderem Zeug verstellt waren, saß ich im Dunkeln, und ich saß nahe an der Mauer, und ich war mir sicher, daß ich von unten nur gesehen werden konnte, wenn einer sehr genau hinsah, wenn er dort oben jemanden vermutete. Ich dagegen hatte großzügige Aussicht.

Ich sah, wie die Tür geöffnet wurde, ein Lichtschein fiel heraus auf den grauen, mit Brettern ausgelegten Flur. Ich blickte hinab auf den blonden Kopf einer Frau. Die Frau trug einen dunklen Mantel, den sie vorne offen gelassen hatte. Eine Hand konnte ich sehen. Ihr Gesicht sah ich nicht. Ihr Haar war wie ein Helm, ein Goldhelm. Kennen Sie den Film »Goldhelm«? In dem die junge Simone Signoret mitspielt? Eine Schönheit. Eine ernste Schönheit. Man weiß, daß viel in ihr vorgeht. Wie macht das ein Regisseur?

Vielleicht weil ich Fieber hatte, weil ich voll Selbstmitleid war, weil ich mich von aller Welt verlassen fühlte, ich kann nicht sagen warum: Mich rührte der Anblick des Kopfes dieser Frau. Es hob mir die Brust, wenn ich auf sie hinunterblickte – von schräg links oben.

Ich war einmal verliebt gewesen in ein Mädchen, das hieß Ulla, wir waren beide nicht älter gewesen als sechzehn. Sie hatte langes, schwarzes Haar, sehr langes, sehr schwarzes Haar. Das Haar war der Stolz ihres Vaters gewesen. Auch ihr Stolz war es gewesen. Aber dann auf einmal war es nicht mehr ihr Stolz gewesen. Ich hatte sie jeden Tag gesehen, wir gingen nicht in dieselbe Schule, aber Nachbarskinder waren wir. Ich mochte sie gern, aber ich hatte sie mir nie richtig angesehen. Jedenfalls ließ sie sich eines Tages die Haare schneiden und nicht nur schneiden ließ sie sich die Haare, sie ließ sie sich auch färben. Blond, ein cremig goldenes Blond. Ich erkannte sie nicht wieder. Sie klingelte bei uns, wollte sich zeigen. Ich öffnete die Tür, und sah sie an, sie war fremd, und ich verliebte mich in sie.

›Kennst du mich denn nicht mehr‹, fragte sie mich.

›Doch‹, sagte ich, ›ich kenne dich.‹

Und wissen Sie, was das Merkwürdige war? Nicht nur ich verliebte mich in sie, sie verliebte sich von diesem Augenblick an auch in mich.

Ich sagte zu ihr: ›Daß ich mich in dich verliebt habe, ist verständlich. Es war für mich, als würde ich dich das erste Mal sehen. Das hat alle Gewohnheit aus mir weggewischt. Aber du!‹ So ähnlich redete ich mit ihr.

Und sie sagte: ›Was denn! Warum soll es bei mir verwunderlich sein, ha? Ich habe in deinen Augen gesehen, daß du dich in mich verliebt hast, und das hat gemacht, daß ich dich wie zum ersten Mal gesehen habe, und da habe ich mich eben auch in dich verliebt. Basta.‹ So ähnlich redete sie mit mir.

Sie hatte einen Kopf wie diese Frau. Ich meine, Ullas Kopf, wenn ich ihn von oben gesehen habe, wenn wir zum Beispiel in unserem Kino über die Stiege hinuntergegangen sind, an der Mosaikwand entlang, dann hat Ullas Kopf so ausgesehen wie der Kopf dieser Frau, die nun aus der Tür trat. Und da habe ich mich in diese Frau verliebt. Wenn ich genau sein will – und ich habe einen Hang zur Genauigkeit, mein Wunschtraum war seit jeher, Mathematik zu studieren, und noch ist ja nicht aller Tage Abend in dieser Hinsicht –, wenn ich genau sein will, muß ich sagen: Ich habe mich in ihren Kopf aus dieser Perspektive verliebt – von schräg links oben.

Sie denken: Er hat Fieber gehabt. Ich gebe Ihnen recht. Denken Sie das?«

»Ja«, sagte ich.

»Und wenn jemand Fieber hat und sich in eine Frau verliebt, von der er nicht mehr kennt als ihren Kopf aus einer Perspektive von schräg links oben, denken Sie ...«

»Das spielt keine Rolle«, sagte ich. »Ich will nicht am Verliebtsein herumdeuteln ...«

»Dann ist es gut. Eine Sehnsucht brauste nämlich in mir auf. Die war wie ein Wutausbruch. Kaum konnte ich die Tränen halten. Ich bekam Sehnsucht nach Ulla mit dem Goldhelm, in die ich verliebt war, als wir beide sechzehn waren. Alle Jahre dazwischen, dachte ich, sind wir einander schuldig, ich bin schuldig, daß ich mich nicht um dich gekümmert habe, und du bist schuldig, daß du dich nicht um mich gekümmert hast.

Und da wachte der Spaßmacher in mir auf und sagte: ›Weine ruhig los, weine doch einfach laut heraus!‹

›Ach du‹, sagte ich, ›was denkst du dir, du Luftgedanke! Was bist du denn mehr als ein Zufall, der sich in gehüteten, finsteren Ecken aufhält.‹

›Ja‹, sagte er, ›ein Zufall bin ich. Ist das nicht gut?‹

›Es ist nichts‹, sagte ich.

›Zufall ist die Wirkung einer nicht erkannten Ursache‹, belehrte er mich. ›Und das bin ich.‹

›Ja‹, sagte ich, ›das bist du.‹

Es tat mir gut und tröstete mich, durch unsere Unterhaltung kam Struktur in meine Einsamkeit.

›Hör zu‹, sagte er, ›die Menschheit hat etwas eingebaut, einen Automatismus, der ist so eingestellt, daß kein Mensch einen anderen Menschen weinen hören kann, ohne daß er Mitleid für ihn empfindet. Darum weine‹, sagte der Spaßmacher in mir, ›weine, weine bitterlich, dann holt sie dich herunter von deinem Ausblick und führt dich an der Hand in ihre Wohnung und gibt dir Aspirin und ein Frühstück!‹

›Aber ich weine doch nicht für Aspirin und ein Frühstück‹, sagte ich dagegen. ›Wenn ich weine, dann aus Sehnsucht.‹

›Die Sehnsucht‹, sagte er, ›ist ein Erzeugnis mangelhafter Erkenntnis. Wenn du wüßtest, was aus deinem Goldhelm geworden ist, dann würdest du keine Sehnsucht haben. Wenn du weinst, dann weine aus Taktik. Ein Frühstück und zwei Aspirin sind gute Ziele. Und was für einen Sinn sollte zielloses Weinen haben?‹

Ich weinte natürlich nicht. Aber ich stand auf und war gefaßt auf alles, was ich mir auszudenken vermochte in meinem Fieberkopf.

Ich sah, wie die Frau zurück in die Wohnung ging, sah sie gleich darauf wieder herauskommen mit je einer prallen Plastiktüte in jeder Hand. Hausmüll. Ich roch ihre Zigarette. Ihr Gesicht sah ich immer noch nicht. Ich sammelte gierig: dunkler Mantel, Raucherin, Goldhelm. Was noch? Lebt sie allein? Das wäre doch eine vernünftige Frage gewesen, eine naheliegende Frage. Kam mir nicht in den Sinn. Ich war ganz Mangel, und solche Fragen standen meinen Instinkten im Weg.

Sie trug den Müll über die Stiege hinunter. Ich blickte ihr nach, beugte mich über das provisorische, aus Verschalbrettern zusammengenagelte Geländer.

Da bemerkte ich, daß noch immer ein Lichtstreifen aus ihrer Wohnung fiel. Und nun war der Spaßmacher in meiner Brust hell wach.

›He‹, sagte er, ›marsch hinunter mit dir! Sie hat die Tür offengelassen! Schau dir ihre Wohnung an! Zwei Minuten hast du Zeit. Solange braucht sie, um den Müll wegzuwerfen. Du sammelst doch alles, was mit ihr zu tun hat.‹

Und schon lief ich über die Betonstufen hinunter.

›Hinein, hinein, hinein mit dir!‹ rief der Spaßmacher. Und ich schlüpfte in die Wohnung.

Und mir kam das gar nicht absonderlich vor. Und mir kam es auch gleich sehr schön und gemütlich vor. Und fremd kam ich mir gar nicht vor in der fremden Wohnung.

Da war ein kleiner Vorraum, nicht breiter als zweieinhalb Meter und auch nicht länger. Links davon ging es ins Badezimmer. Die Tür stand offen, ich sah eine schwarzgekachelte Badewanne, eine Waschmaschine, neben der noch ein ähnliches Gerät stand. Über dem Waschbecken hing ein Spiegelschrank. Ich öffnete nacheinander seine Türen, und da war auch ein Fach mit Medikamenten, ganz wie ich erwartet hatte. Ich fand eine Schachtel Aspirin. Ich steckte sie ein und schloß den Spiegelschrank wieder.

Ich schwöre, ich wollte nichts weiter haben als das Aspirin, und das muß unter Not gefaßt und entschuldigt werden können. Wenn einer Hunger hat und ein Stück Brot aus einem Laden stiehlt, dann ist das erlaubt, das weiß ich. Sie wissen das auch. Bestätigen Sie es mir!«

»Ich bestätige es Ihnen«, sagte ich.

»Warum sollte es nicht auch erlaubt sein, eine Schachtel Aspirin aus einer Hausapotheke zu nehmen, wenn man weiß, daß man Fieber hat.«

»Es ist bestimmt erlaubt«, sagte ich.

»Mehr wollte ich nicht.

Einen kleinen Blick wollte ich noch in die Küche werfen. Sie lag dem Bad gegenüber. Es war ein Umdrehen. Mehr war es nicht. Ich habe nichts anfassen müssen. Die Küchentür war ebenfalls offen. Die Küche war eng, und auf dem Tisch standen eine Tasse Kaffee, ich roch, daß es Kaffee war, und ein

Teller, auf dem ein angeschnittener Kuchen lag. Und dann wollte ich noch in das Zimmer schauen. Das war die erste Berührung fremden Eigentums außerhalb der Nothandlung: Ich öffnete die Tür zum Wohnzimmer.

So viel Behaglichkeit und Liebe strömte mir entgegen, daß mir mulmig und weich in den Knien wurde.

›Geh doch ganz hinein‹, sagte der Spaßmacher, ›atme die Luft ein! Ist es nicht gut hier? Schau doch, da steht ein gemütliches Sofa. Und hier, hier ist ein Fernseher. Wäre es nicht wunderbar, sich jetzt auf diese Sofa zu legen und einen Film mit den Marx Brothers anzusehen? Manchmal kommen solche Filme am Vormittag.‹

So redete der Spaßmacher.

›Und wie warm es hier ist‹, sagte er weiter. ›Und hier‹, sagte er, ›hier ist doch noch eine Tür. Willst du gehen und zwei Minuten zu früh oben in deiner Tristesse sein und dir vorwerfen, daß du nicht in dieses Zimmer geschaut hast?‹

Ich öffnete die Tür und sah vor mir ein breites, zerwühltes Bett. Wäsche lag auf dem Boden verstreut, an der Wand neben einem Bücherregal stand ein kleiner Schreibtisch, der als Schminktisch diente. Was hätte ich dafür gegeben, eine ruhige Viertelstunde auf dem Stuhl vor diesem Tischchen sitzen zu dürfen! Ich hatte den Blick des Sterbenden ...«

»Was hatten Sie«, fragte ich.

»Ich werde es für Sie nicht wiederholen«, sagte er. »Darf ich weitererzählen?«

»Aber ja«, sagte ich.

»Gut. Ich überflog das alles nur. Aber es prägte sich in meine Seele ein. Eine Tür führte auf einen kleinen verschneiten Balkon.

›Ist dieser Mensch glücklich!‹ rief mein Spaßmacher. ›So einen glücklichen Menschen gibt es auf der Welt keinen zweiten! Und merke‹, tuschelte er weiter auf mein schweres Herz nieder, ›merke: Glückliche Menschen sind auch gute Menschen. Wie könnte es anders sein! Und merke‹, tuschelte er weiter, ›Frauen mögen dich.‹

Und da hörte ich sie. Ich hörte sie, als sie bereits die Wohnungstür hinter sich zuzog. Ich stand still, rührte mich nicht, die Hand halb ausgestreckt, wie zu einer Statue verwunschen. Wenn sie ins Schlafzimmer gekommen wäre, die Frau mit dem Goldhelm, ich wäre mitten vor ihr gestanden, und keine Kunst der Welt hätte mir ausreichend Blitze leihen können, mich aus dieser Lage herauszureden.

Aber sie war nur gekommen, um sich die Hände zu waschen. Ich hörte, wie sie im Bad das Wasser laufen ließ, hörte, wie sie die Hände unter dem Wasserstrahl rieb. Dann war es still. Nun wird sie sich die Hände abtrocknen, dachte ich.

›Spaßmacher, wo bist du‹, sagte ich in mich hinein und bekam keine Antwort.

Dann hörte ich, wie der Schlüssel im Schloß umgedreht wurde. Sie war gegangen.

Wie lange, denken Sie, bin ich im Schlafzimmer stehen geblieben, ohne mich zu rühren? Eine Minute?«

»Ich weiß nicht.«

»Zwei Minuten?«

»Vielleicht.«

»Drei Minuten?«

»Ich weiß es nicht.«

»Aber ich weiß es. Denn ich habe einen Wecker vor den Augen gehabt. Er stand auf dem Schreibtisch, den die Dame als Schminktisch verwendete. Es war Viertel nach sieben, als sie die Wohnung verließ. Bis halb acht Uhr, dachte ich, bis halb acht Uhr mußt du so stehen bleiben – eine Hand halb ausgestreckt, wie eine verwunschene Statue. Warum? Das gab ich mir als Buße auf.

Der Spaßmacher sagte zwar: ›Das ist doch ein Blödsinn, wofür eine Buße, wofür?‹

Aber ich hörte nicht auf ihn.

›Setz dich auf den Stuhl!‹ sagte er. ›Vor wenigen Minuten noch hättest du werweißwas dafür gegeben. Jetzt darfst du. Tu es!‹

Ich tat es nicht. Es gibt wenig Unerträglicheres, als sich ein Vergnügen vorrechnen zu lassen, das man gerade genießt. Schlimmer ist nur, es sich selbst vorzurechnen. Und das hätte ich getan. Denn ich wußte, es ist schlecht, uneingeladen in die Wohnung eines fremden Menschen zu gehen.

Um halb acht Uhr setzte ich mich aufs Bett. In meinem Kopf pumpte das Herzblut. Nicht aus Aufregung. Nicht wegen der Anstrengung. Ein wenig vielleicht wegen der Anstrengung. Ich war krank. Ich hatte Fieber. Da pumpert das Herz. Ich war krank. Und ich mußte mich zusammenreißen, daß ich mich nicht einfach zur Seite fallen ließ. Das Bett roch warm und einladend.

Ich weiß schon, was Sie fragen wollen. Ob mir denn nicht in den Sinn gekommen ist, daß ich eingesperrt war. Stimmt's, das wollen Sie fragen? Nein, es ist mir nicht in den Sinn gekommen. Es ist mir einfach nicht in den Sinn gekommen. Wen wundert's auch! Sie werden aus der kalten Finsternis ins warme Paradies gesperrt. Da fragen Sie nicht.

Nach einer Weile bin ich aufgestanden und habe mich in der Wohnung umgesehen. Ich habe keine

Schublade aufgemacht, keine Schranktür, habe kein Stück Papier umgedreht, um zu sehen, was hinten draufsteht. Ich habe nichts angefaßt. Die Hände habe ich auf dem Rücken verschränkt. Zu dem einen oder anderen Ding habe ich mich niedergebeugt. Und ich konnte es nicht unterlassen zu summen. Habe glückliche Lieder gesummt. Ein Volkslied. Eine Operettenmelodie.

Das Schlafzimmer war sehr klein, mehr als das Bett, den Schrank und den Schreibschminktisch faßte es nicht. Ein kleines Bücherregal noch, einen Stuhl. Sonst nichts. Linde Farben waren hier. Hellgrün waren Zudecke und Kopfkissen. Vor dem Fenster hing ein Rouleau, das war ockergelb wie Sonnenschein. Einen Schritt machte ich hierhin, einen dorthin, beugte mich über die Dinge und summte.

Auch das Wohnzimmer war klein. Aber es war wertvoller eingerichtet als das Schlafzimmer. Ich hatte den Eindruck, die Dinge im Schlafzimmer seien aus zweiter Hand, schon alt, aber nicht wertvoll alt, beim Trödler erworben oder vom Flohmarkt. Das Sofa im Wohnzimmer und auch der breite, bequeme Ledersessel, sie waren gute Stücke. Vor dem Fenster stand ein Sekretär. Der war das beste Stück. Vielleicht hatte ihn die Dame geerbt. Oder er sollte der Beginn einer ambitionierten Sammlung sein.

Was tat sie an diesem Sekretär? Viel konnte sie nicht tun. Seine Fläche war vollgestellt mit Fotografien und anderen Dingen. Ich wollte die Bilder nicht ansehen. Es wäre mir unhöflich und indiskret vorgekommen. Ich zog mir sogar die Schuhe von den Füßen.

Dann kam mir die Idee, ein Bad zu nehmen. Und gerade als ich ins Badezimmer gehen wollte, fiel mein Blick auf das Schlüsselbord neben der Wohnungstür. Da hingen mehrere Schlüssel, verschiedene Schlüssel. Und jetzt erst fiel mir ein, daß ich eingeschlossen sein könnte. Und es machte mir nicht die geringste Sorge. Ohne zu überlegen nahm ich den erstbesten Schlüssel von einem der Häkchen und probierte ihn aus. Und er paßte.

›Siehst du‹, sagte ich.

Und der Spaßmacher sagte: ›Steck ihn ein! Steck ihn ein! Sie wird es nicht merken. Niemand achtet auf einen Zweitschlüssel, solange er den Erstschlüssel bei sich hat. Und warum sollte sie ausgerechnet heute ihren Erstschlüssel verlieren? Und wenn doch, was kann dich das kümmern! Sie wird dann denken, sie hat auch den Zweitschlüssel verloren. Vielleicht zweifelt sie vorübergehend an ihrem Verstand, aber das ist nicht dein Problem.‹ So der Spaßmacher.

Ich tat es. Ich steckte den Schlüssel ein. Er wog wie Gold in meiner Hosentasche.

War das Unrecht? Ich frage Sie: War das Unrecht?«

»Ja«, sagte ich.

»Ja«, sagte er, »es war Unrecht.«

»Aber Sie schieben es ja Ihrem Spaßmacher in die Schuhe«, sagte ich.

Er hob die Kakaotasse, die leer war, und sah mich darüber hinweg an.

»Eigentlich«, sagte er, »eigentlich finde ich es unverschämt, daß Sie so mit mir reden. Aber ich will es Ihnen durchgehen lassen. Und zwar nicht nur deshalb, weil Sie recht haben. Draußen regnet es. Sie sind froh, daß wir hier sitzen. Ich bin froh, daß wir hier sitzen. Was haben Sie getan, als Sie auf mich gewartet haben?«

»Nichts Besonderes«, sagte ich.

»Womit beschäftigen Sie sich gewöhnlich?«

»Mit diesem und jenem ...«

»Wollen Sie nicht genauer sein?« Er zuckte mit den Lippen nach einer Seite. »Ich erzähle Ihnen eine Geschichte, und Sie sagen lediglich: mit diesem und jenem ...«

»Was wollen Sie denn wissen?« Ich sah ihm an, daß er sich für mich und meine Geschichten nicht interessierte. Er fuhr mit der Zunge in die Kakaotasse, wischte den Mund am Ärmel ab, nickte ein paarmal versonnen. »Sie schreiben sich nichts auf?« fragte er.

»Nein«, sagte ich.

»Sie meinen, es könnte nicht ein Körnchen Wahrheit in meiner Geschichte sein, das es wert wäre, in ein Notizbuch eingewickelt zu werden? Wollen Sie wissen, was der Spaßmacher zu mir sagte?«

»Bitte«, sagte ich.

»Er sagte: ›So, mein Freund, diese Dame lebt allein, das kannst du sehen. Sie ist zur Arbeit gegangen. Sie wird erst gegen Abend zurückkommen. Vielleicht kommt sie am Mittag, um hier zu essen. Aber das ist nicht wahrscheinlich. Ihre Küche ist eine Frühstücksküche. Viele Stunden gehören dir. Nichts gehört dir, nur die Zeit. Du mußt sie gut behandeln. Behandle die Zeit wie ein wertvolles Haustier. Du mußt sie hegen und du mußt sie melken. Willst du das?‹

›Ja, das will ich‹, sagte ich.

›Dann geh in die Küche‹, sagt er, ›und schau, was du dir vom Vorhandenen abbrechen kannst. Denn, mein Freund, du hast Hunger. Außerdem solltest du schleunigst zwei Aspirin nehmen und vielleicht noch etwas Askorbinsäure dazu. Aber wenn du das auf nüchternen Magen nimmst, dann bekommst du Bauchkrämpfe. Also mußt du vorher etwas essen.‹

Ich ging in die Küche und schenkte mir Kaffee ein. Die Dame hatte eine ganze Kanne voll Kaffee gemacht und höchstens zwei Tassen getrunken. Sie behielt den Kaffee in einer Vakuumkanne auf, da war er wohl noch warm, wenn sie zurückkam. Das tut ein Mensch doch nur, sagte ich mir, wenn er länger fortbleibt. Wenn sie gleich wiederkommt, sagen wir in einer halben Stunde, dann würde sie den Kaffee doch nicht in einer Vakuumkanne aufbewahren. So dachte ich. Ich weiß natürlich, daß das ein Blödsinn ist. Kurz, ich machte mir keine Sorgen.

Ich machte mir keine Sorgen, daß sie jeden Augenblick kommen und mich in ihrer Küche erwischen könnte. Ich schenkte mir ihren Kaffee ein, in die Tasse, die sie gebraucht hatte, schnitt mir von ihrem Kuchen ein schmales Stück ab. Nur wenn sie mit einem Maßband nachmessen würde, würde sie merken, daß da einer von ihrem Teller gegessen hatte. Dann schnitt ich ein zweites schmales Stück ab. Wenn sie eine war, die sich ihren Kuchen genau ansah, dann bestand nun durchaus die Möglichkeit, daß sie etwas merkte. Aber ich glaubte nicht, daß sie so eine war. Ich kannte nichts anderes von ihr als ihren Kopf von schräg links oben, und dieser

Kopf hatte mich an meine erste Liebe erinnert. Das war mir genug.

Ich öffnete den Kühlschrank. Da war eine volle, noch versiegelte Milchflasche und eine zweite Milchflasche, in der etwa ein Drittel fehlte. Dann öffnete ich die Vorratsschränke und fand ein Glas Honig. – Eine Honigmilch, sagte ich mir, wird mir gut tun. Eine heiße Honigmilch ist das Beste gegen eine Erkältung. Mit einem Schuß Kognak. Bei uns zu Hause hat man das so gemacht, wenn einer krank war, hat er eine dicke Tasse mit heißer Honigmilch und einem Kognak darin getrunken. Dann ist er ins Bett gegangen und hat die Erkältung herausgeschwitzt.

In der Küche fand ich keinen Kognak. Ich ging hinüber ins Wohnzimmer. Whisky war da. Eine halbe Flasche voll. Er stand neben dem Sofa auf einer Ablage, die wohl eher für Zeitungen gedacht war. Ein teurer Whisky. Ein wenig kenne ich mich aus. Da mußt du aufpassen, sagte ich mir, so einen teuren Whisky hat man im Auge. Und ich wollte schon die Finger davon lassen. Aber …«

»Aber der Spaßmacher«, ergänzte ich.

Eine Weile sagte er nichts. Er blickte mich unter hohen Brauen an. Dann sagte er:

»Wollen wir es so halten: Ich erzähle, und Sie unterbrechen mich nicht. Ist das gut so?«

»Es ist gut so«, lachte ich.

»Warum lachen Sie«, fragte er.

»Ich möchte Sie anstecken«, sagte ich.

»Sie haben mich angesteckt«, sagte er. »Sie haben mir den Spaßmacher zugesteckt. Ich habe ihn vorher nicht gekannt. Jetzt treffe ich überall in meiner Geschichte auf ihn. Aber er stört mich nicht. Er ist ja kein Kontrolleur, der froh ist, wenn er dem Menschen eins anhängen kann.«

»Wollen Sie etwas trinken«, fragte ich. »Einen Whisky? Weil in Ihrer Geschichte gerade die Rede davon ist.«

Er winkte ungeduldig ab, mit flatternden Fingern. Und erzählte weiter:

»Der Spaßmacher sagte: ›Hör zu! Wenn jemand ganz allein lebt wie diese Frau, warum sollte er dann die Whiskyflasche kontrollieren? Also da gibt es nur einen Grund: Wenn sie meint, sie trinke zu viel davon. Wenn sie Angst hat, daß sie Alkoholikerin ist. Dann kontrolliert sie. Gut. Angenommen, sie stellt heute Abend fest, daß weniger da ist, als sie dachte. Was dann? Dann hat sie ein schlechtes Gewissen, weil sie sich sagt: Ich habe heimlich getrunken. Ich habe versucht, mich selbst zu betrügen und habe schon wieder heimlich getrunken. Also‹, sagte der Spaßmacher, ›nimm so viel Whisky, wie du willst! Sie wird es nicht merken. Und wenn, wird es keine Folgen haben.‹

›Ich habe mich in sie verliebt‹, sagte ich zum Spaßmacher. ›Ich will nicht, daß sie ein schlechtes Gewissen hat und sich Sorgen wegen ihres Alkoholkonsums macht.‹

›Ach‹, sagte der Spaßmacher, ›nimm das nicht so ernst. Es war dein Überlebenswille. Du dachtest, es sei Verliebtheit. Aber es war dein Überlebenswille. Würdest du nicht gedacht haben, du hättest dich in sie verliebt, dann würdest du ihre Wohnung nicht betreten haben. Habe ich recht?‹

Ich goß die Milch in einen Topf, gab zwei dicke Löffel Honig dazu und stellte den Topf auf den Herd. In die heiße Milch goß ich kräftig Whisky. Und dann goß ich noch einmal kräftig Whisky dazu. Ich legte mir zwei Aspirin auf die Zunge und trank alles in einem Zug hinunter. Ich wusch die Tasse ab, stellte sie zurück, dasselbe machte ich mit dem Topf.

Ich ging ins Wohnzimmer, schaute durchs Fenster auf den unfestlich grauen Winterhimmel. Am Horizont glaubte ich die Strommasten der Eisenbahn zu sehen. Und dann wurde mir schwindlig.

Ich ließ den Gedanken, ein Bad zu nehmen, fallen, das heißt, ich verschob die Realisierung. ›Ich will die Realisierung verschieben‹, sagte ich zum

Spaßmacher, ›ich mach das nachher, zuerst muß ich mich hinlegen.‹

›Ja‹, sagte er, ›leg dich hin.‹

Ich legte mich im Wohnzimmer auf den Fußboden. Freilich hätte ich mich lieber im Schlafzimmer ins Bett gelegt. Am liebsten hätte ich mich ausgezogen und in das warme, duftende, lindgrüne Bett gelegt, das ich mir eingeprägt hatte mit dem Blick eines Sterbenden. Aber ich dachte, du wirst schwitzen und dein Schweiß wird übel riechen, denn der Schweiß eines Kranken riecht übel, und das kannst du ihr nicht antun. Sie wird es merken. Ein bißchen bist du doch verliebt in sie. Denn sie erinnert dich an den Goldhelm, der Ulla hieß.

Ich lag schon auf dem Teppich, da haderte ich noch immer mit mir. Warum soll sie es denn nicht merken, argumentierte ich gegen mich. Das Bett dort drüben ist so verlockend! Wenn sie nach Hause kommt, bist du doch schon lange über alle Berge. Wo bist du? Wo sind alle Berge? Dein Bruder ist hinter allen Bergen und deine Mutter und dein Vater. Aber wie willst du im Winter mit bloß einem Hemd und einem Unterhemd an deiner Brust und deinem Rücken über alle Berge?

Du wirst vom Telefon dieser Wohnung aus zu Hause anrufen und um Hilfe rufen, dachte ich, da schlief ich schon fast. Aber bis Hilfe kommt, das kann Tage dauern, kann Wochen dauern, solange wirst du bei ihr bleiben müssen. Denn sonst gibt es keinen Platz für dich. Am Tag wirst du bei ihr in der Wohnung sein. In der Nacht wirst du einen Stock höher in deiner Styroporhöhle sein. Und an den Wochenenden, wenn sie nicht zur Arbeit gehen muß, wirst du leiden. Denn hier unten ist das Paradies. Und oben ist es nicht.

Ich schlief ein.

Wissen Sie, daß der Mensch auch friert, wenn es um ihn herum warm ist? Wenn er nicht zugedeckt ist, dann friert er. Im Schlaf stehen die ältesten Instinkte auf. Und die jammern der Urzeit nach. Die Urzeit, das ist das Fell. Wer denkt heutzutage schon über das Fell nach! Ich habe viel darüber nachgedacht, weil es mich etwas anging. Wie wunderschön warm war die Wohnung dieser Dame! Aber ich habe gefroren. Im Schlaf habe ich mich in ihren Teppich eingewickelt, und dann war alles gut. Es ist demütigend, sich in den Teppich eines fremden Menschen einwickeln zu müssen, um die Instinkte aus der Urzeit zu besänftigen. Aber gefroren habe ich nicht mehr.

Ich habe den ganzen Tag geschlafen. Es müssen sieben Stunden gewesen sein. Als ich aufwachte, war es vier Uhr nachmittag. Da geriet ich dann doch einigermaßen in Panik. Ich riß alle Fenster auf, hoffte, es werde mich niemand von unten beobachten. Ich mußte lüften. Jeder Mensch stinkt, wenn er drei Tage nicht aus den Kleidern kommt. Ich glaube, ich habe furchtbar gestunken. Ich bin sonst nicht einer, der gleich stinkt. Ich glaube, ich gehöre eher zu denen, die relativ neutral riechen. Wenn das einer von sich selbst behaupten kann.

Der Schweiß des Unglücklichen zum Beispiel riecht zwiebelig und streng und bleibt haften und wird immer wieder aktiviert bei Feuchtigkeit und Wärme. Du kriegst den Geruch des Unglücks aus einem Mantel zum Beispiel nicht heraus. Bring ihn in die Reinigung, häng ihn drei Tage in die Sonne, es nützt nichts. Die Glücklichen sind besser dran.

Rieche ich? Rieche ich? Trauen Sie sich nicht, mir zu antworten? Weil ich tatsächlich rieche oder weil ich Ihnen vorhin das Wort abgeschnitten habe?«

»Letzteres«, sagte ich.

»Dann suspendiere ich Sie hiermit. Sie dürfen mir antworten. Rieche ich?«

»Nein«, sagte ich. »Wie kommen Sie darauf.«

»Ich wollte es nur wissen. Ich wollte nur sagen, ich bin keiner, der riecht. Ich bin ein glücklicher Mensch. Das ist das Kernstück meines Stolzes. Aber an jenem Tag habe ich mit Sicherheit gerochen. Sie sollten sich hüten, mir zu sagen, daß ich rieche.«

»Ich sage es mit Sicherheit nicht.«

»Gut. Dann ist es gut. Ich suchte die ganze Wohnung nach Zigaretten ab, fand aber keine. Ich wollte mit Zigarettenrauch meinen Krankheitsgeruch vertreiben. Mir fiel auf, daß es in der Wohnung weder nach Zigaretten roch noch irgendwo ein Aschenbecher stand. Aha, sagte ich mir, und ergänzte meine Sammlung über die Dame, aha, sie ist zwar Raucherin, raucht aber nicht in ihrer Wohnung.

Ich schloß die Fenster wieder, machte noch einmal die Runde, um zu kontrollieren, ob ich vergessen hatte, irgendein Ding in seinen ursprünglichen Zustand zurückzuversetzen ... – Ach, wie drücke ich das denn aus! Ursprünglicher Zustand! Als ob ich in die blanke Natur eingetreten wäre, die gottgeschaffene, unvermenschte sozusagen. Ich war der vife Winzling, der sich um den Racheengel herumgeschlichen hatte. Die Wohnung war mein Paradies des Tages.

Im Vorbeigehen fiel mir übriges ein Gegenstand auf, ich vergaß ihn gleich wieder, später aber erinnerte ich mich an ihn, und er hat mir einen guten Dienst erwiesen: Es war eine Sofortbildkamera. Davon erzähle ich noch.

Ich schlich mich aus der Wohnung, vorsorglich darauf bedacht, draußen keinem Nachbarn unter die Augen zu kommen, und sperrte hinter mir ab. Den Schlüssel steckte ich in die Tasche zu den restlichen Aspirin. Und dann stieg ich wieder hinauf in mein ödes Stockwerk. Der eisige Wind pfiff durch die Wohnungshöhlen dort oben, und er bauschte die Nylontrennwand auf.

Ich fror und der Jammer der vergangenen Nacht hatte mich wieder. Ich wollte auf der Treppe warten, bis die Frau zurückkam. Ich hoffte doch, ich würde mehr von ihr sehen als nur ihren Kopf von schräg links oben. Aber auch wenn ich nur ihren Kopf von schräg links oben sähe, es würde mir genügen, dachte ich. Denn ich wollte das Gefühl des Verliebtseins spüren. Dann könnte ich ein Bild in meine Höhle mitnehmen.

Ich saß auf dem Treppenabsatz, eingewickelt in die Nylonfolie, und als sie kam, dürfte es so gegen halb sechs Uhr gewesen sein. Immer wieder hatte jemand das Licht im Stiegenhaus angemacht, und ich hatte gedacht, jetzt kommt sie, und es war dann doch jemand anderer gewesen. Das Licht blieb eine Weile brennen, dann erlosch es automatisch.

Ich hörte ihre Stimme. Sie sprach mit einem Mieter, der unter ihr wohnte. Wünschte ihm einen schönen Abend. Dann hörte ich eine Tür gehen. Dann hörte ich ihre Schritte auf den Holzbohlen. Dann sah ich ihr Gesicht. Mir fielen die überaus runden, festen Augenbrauen auf und ihr breiter Mund.

In der Nacht träumte ich, ich liege in einem Sarg aus Styropor. Er war so warm wie ich, nicht wärmer und nicht kälter. Nichts Vergleichbares gab es in der Natur. Kennen Sie diese Kinderfieberträume, die so schrecklich sind, weil Sie nicht sagen können, ob Sie sich weit vorne oder weit hinten befinden? Wo eigentlich? In einer Landschaft? In einem Zimmer? Auf einem Leintuch? Als Kind hatte ich solche Träume. Einmal im Sommer hatte ich mich erkältet, und daraus war eine Thymusdrüsenentzündung geworden, da gibt es nichts zu lachen, ich bekam hohes Fieber, und ich hatte zum ersten Mal diesen Traum. Eigentlich läßt sich nur schwer von einem Traum reden, denn was sich in mir abspielte, war mit anderen Träumen nicht vergleichbar. Es war, als hätte sich alles in Geometrie verwandelt, und ich selbst war nichts weiter als eine Kurve, die sich schlängelnd durch dieses Fieberuniversum bewegte und gleichzeitig überall war wie der elektrische Strom. Und wieder gleichzeitig beobachtete ich mich und wußte nicht, ob ich nun weit vorne war oder weit hinten. Wo spielte das alles? Vielleicht war es doch auf einer Landschaft oder über einem Zimmer oder einfach nur über dem Leintuch meines Bettchens. Ich haßte diese Träume. Ich hasse sie. Und in jener Nacht hatte ich wieder so einen Traum. Weil der Styroporsarg dieselbe Temperatur hatte wie ich und meine Arme und mein Nacken zu matt waren, um sich zu bewegen, darum wußte ich nicht, wo ich anfing und wo ich aufhörte … – Ich würde gern eine Kleinigkeit essen.«

»Gut«, sagte ich, »unterbrechen wir. Bestellen Sie.«

»Auf Ihre Rechnung?«

»Es ist mir eine Ehre«, betonte ich. »Das sage ich nicht nur so bloß.«

»Bestellen Sie für mich«, sagte er.

»Bitte! Das möchte ich lieber nicht«, sagte ich. »Sie sind mir zu unberechenbar, wenn ich ehrlich sein darf. Ich denke, wenn ich das Falsche bestelle, erzählen Sie nicht mehr weiter oder erlauben mir nicht, Ihre Geschichte zu verwenden.«

»Wie sollte ich Sie daran hindern«, fragte er.

»Ich weiß noch nicht, wie Ihre Geschichte ausgeht, wie sie weitergeht.«

»Eine Suppe«, sagte er. »Ich möchte gern eine Suppe. Nicht allzu dünn, wenn es geht.«

Ich rief den Kellner und bestellte eine Gulaschsuppe. »Sehr heiß, bitte«, sagte ich ernst. Die Gulaschsuppen im Café Eiles sind immer heiß, und ich beging diese Illoyalität dem Kaffeehaus gegenüber einzig deshalb, um bei meinem Gesprächspartner den Eindruck zu erwecken, ich sorge mich um ihn. Er zog zuckend die Mundwinkel zusammen. Ich sah ihm an, daß er mich durchschaute.

Wir schwiegen, bis der Kellner die Suppe gebracht, und schwiegen, bis er den leeren Teller wieder mitgenommen hatte. Dann erzählte er weiter.

»Ich war noch nicht ganz auf dem Damm«, sagte er. »Aber es ging aufwärts. Am Morgen war ich wie gefroren und poliert und ohne Selbstmitleid und ohne Mitleid. Ping machte mein Verstand, das will ich Ihnen sagen. In aufrechter Haltung und in keiner Weise darauf achtend, meine Schritte zu dämpfen, so schritt ich nach unten, ein Offizier war ich, ein Offizier auf dem Weg zur Requirierung. Ich steckte den Schlüssel ins Schloß und drehte ihn um, als würde ich mit dem Finger schnippen.

›Guten Tag‹, sagte ich.

War aber niemand da. Hätte aber sein können. Ich hatte keine Uhr. Wußte nicht, wie spät es war. Draußen war es noch dunkel. Wie leicht verschätzt sich ein fiebernder Mensch in der Zeit, einer der noch blöd ist von einem Traum. Hätte ja erst sechs Uhr sein können.

Ich schnallte die Tür zum Wohnzimmer auf. ›Guten Tag!‹ Machte Licht, betrat das Schlafzimmer.

Niemand da. Und es tat mir fast leid.

Ich betrachtete mich im Spiegel: ein vom Alptraum zerschlagener, vor Kälte zitternder, vom Fieberschweiß stinkender Körper. Aber ein Wille im Kopf, ein Wille, sage ich Ihnen, der hätte Teufelsdreck versilbern können! Ich spürte eine Kraft in mir, die ich als eine moralisch vertretbare Variante von rücksichtslosem Egoismus definieren möchte: der Mensch in Not. So einer war ich. Der Mensch in Not ist die Menschheit in Not. Wenn es uns gut geht, sind wir Individuen. Wenn es uns schlecht geht, sind wir die Menschheit. Dem Menschen in Not steht alles zu. Und alles ist ihm zuzutrauen. Für ihn ist die Welt rundherum sklavisch gemacht. Wenn er Skrupel hat, sie aufzureißen und in sie hineinzubeißen, dann ist er der Welt eine verächtliche Kreatur, sie wird ihn in ihre weichen Teilen ziehen und untergehen lassen. Aber wenn er sich ihrer bedient, dann wird sie ihn belohnen, sie wird ihm die Langeweile nehmen und ihn mit Zukunftsmut verwöhnen …«

»Oh«, sagte ich.

Nun lächelte er doch.

»Ja«, nickte er stolz. »So fühlte ich mich. So einer war ich. Und daß ich mich in diese Frau verliebt hatte oder daß ich mir im Fieberkopf meiner Erkältung eingebildet hatte, ich hätte mich in sie verliebt – in eine Frau, von der ich nichts weiter wußte, als daß sie Raucherin war, aber nur außerhalb ihrer Wohnung, daß sie ein teuer eingerichtetes Wohnzimmer und ein billig eingerichtetes Schlafzimmer hatte, daß sie morgens Kaffee kochte für den ganzen Tag und daß sie blond war und schöne, runde Augenbrauen hatte – wie sollte ich das ernst nehmen, wie sollte ich ernst nehmen, daß sie mir etwas bedeuten könnte? Sie hatte eine Wohnung, geheizt und sauber. Und diese Wohnung war frei bis fünf Uhr am Nachmittag. Und jetzt war es – ich nahm die Zeit von ihrem Wecker – jetzt war es siebenundzwanzig Minuten vor acht. Ich hatte also wundervolle neuneinhalb Stunden im Paradies vor mir. Von Morgen bis Abend. Mein zweiter Tag.

Zuerst ließ ich mir ein Bad ein. Während das Wasser lief, versuchte ich mir jeden Gegenstand einzuprägen – wo er lag, wie er lag. Wenn ich um fünf Uhr die Wohnung verließ, sollte alles so sein wie vorher. Zugegeben, das war weniger eine Vorsichtsmaßnahme als sportliche Ambition, und weniger sportliche Ambition als militärische Attitüde.

Die Sofortbildkamera fiel mir ein. Ich stellte mich so, daß ich möglichst viel vom Badezimmer aufs Bild bekam. Das Bild war ein Protokoll meiner Abwesenheit. So sollte es sein. Dann fotografierte ich die Küche. Im Schlafzimmer wollte ich nichts anrühren. Dort wollte ich nur stehen und schauen und riechen. Das nahm ich mir vor. Vom Schlafzimmer brauchte ich kein Protokoll seiner Unberührtheit. Im Wohnzimmer verknipste ich zwei Bilder. Das mußte genügen.

Während das heiße Wasser in die Wanne floß, schenkte ich mir eine Tasse Kaffee aus der Warmhaltekanne ein, schnitt mir zwei dünne Scheiben Brot ab. Der Kuchen vom Vortag war nicht mehr da. Ich suchte ihn. Er hatte mir geschmeckt. Entweder sie hatte ihn aufgegessen oder weggeschmissen. Wahrscheinlich letzteres. Ich war wütend darüber. Schmeißt Kuchen weg, nur weil er am Rand hart ist! Ich nahm zwei Scheiben Käse, zwei Scheiben Wurst. Zwei Fruchtjoghurts standen im Kühlschrank. Ich hätte gern eines genommen, aber das wagte ich doch nicht. Das Whiskyargument meines Spaßmachers ließ sich auf Fruchtjoghurts nicht anwenden.

Ich stellte mir einen Küchenstuhl ins Badezimmer neben die Wanne, bereitete mir darauf mein Frühstück.

Dann zog ich mich aus. Ich war übermütig, das gebe ich zu. Nein, ich schiebe es nicht auf den Spaßmacher. Ich dachte bei mir: Soll denn kein Fortschritt sein gegenüber gestern? Bin ich einer, der sich zufrieden gibt? Wer nicht mehr will, als er hat, der wird auch das verlieren. Soll ich nach so einem erfrischenden Bad, dachte ich, in die alten, stinkenden, schmutzigen Kleider zurücksteigen? Das will ich nicht. Da steht doch eine Waschmaschine, sagte ich zu mir. In neun Stunden sind doch Unterwäsche, Hose und Hemd gewaschen. Ja freilich! Ich befand mich ja in der zivilisierten Welt! Neben der Waschmaschine stand ein Wäschetrockner. Hat doch heute jede Wohnung so einen. Wo sollte denn die gnädige Frau auch ihre Wäsche aufhängen? Und es war ein so praktisch einfaches Gerät, sage ich Ihnen. Jeder Mensch kapiert sofort, was er zu tun hat. Man kann kein Geschäft machen in der Welt, wenn man Wäschetrockner erzeugt, die nur von Technikern bedient werden können.

Also steckte ich meine Sachen in die Maschine, ließ arbeiten und stieg ins Bad. War glücklich.

Es war der Himmel. Ich sage Ihnen, ich habe eine Stunde den Himmel genossen. Ich habe eine Stunde im Himmel gelebt. Das sollte man sich auf die Visitenkarte drucken lassen. Ich hatte es geschafft.

Nur die eselsgrauen Charaktere kennen keinen Himmel. Jede wirkliche Persönlichkeit dagegen will ihn. Der Himmel im Ziel läßt dich zu den Großen, Starken, den Bedingungslosen, den Unaufhaltsamen gehören. Der durchschlagende Welterfolg des Himmels – ich war am Ziel, ich hatte es geschafft.

›He‹, sagte ich zum Spaßmacher, ›das warst du!‹

›Was war ich‹, sagte er zurück.

›Du hast das gewußt, du hast gewußt, daß ich in den Himmel komme. Du bist ein Erzengel, gib's zu. Als du im Zug gesagt hast, man solle mich aus dem Fenster heben, da hast du gewußt, daß die Geschichte hier enden wird. Und als du mich durch die Tür dieser Wohnung hier geschoben hast, da hast du es gewußt. Was habe ich Gutes getan auf Erden, daß ich so belohnt werde?‹

So fragte ich den Spaßmacher.

Wenn die Dame zur Tür hereingekommen wäre und geschrien und die Polizei gerufen hätte, wenn man mich abgeführt und eingesperrt und verhört und abgeurteilt und gebrandmarkt hätte, ich würde alles in Kauf genommen haben für diese eine Stunde Himmel.

Die Waschmaschine rauschte wie die Natur im Dschungel, und meine Ohren waren taub vom Wasser. Ich liebe das Wasser. Ich sehe seine Notwendigkeit ein, und ich begrüße sie. Das ist der Dank, sagte ich mir, der Dank der zwei Mineralwasserflaschen, daß ich sie nicht weggeworfen habe, als ich durch das eisige Fegefeuer ging, daß ich ihnen treu geblieben bin.

›Übertreib's nicht‹, sagte der Spaßmacher.

Aber mir war so überschwenglich zumute, und ich wollte übertreiben.

›Wer weiß‹, sagte ich zu ihm, ›vielleicht besteht ein für uns nicht nachvollziehbares Kommunikationssystem der verschiedenen Gewässer untereinander, und ein Wasser rauscht und raunt dem anderen Wasser zu, wer ihm etwas Gutes oder etwas Böses getan hat.‹ – Albernes Dahintreiben …

Ich blieb so lange in der Wanne liegen, bis die Wäsche fertig war. Zwischendurch ließ ich Wasser ablaufen und neues heißes Wasser zulaufen. Und ich dachte nicht an die Frau, der all das gehörte. Ich wusch mir die Haare mit ihrem Shampoo, ich putzte mir die Zähne mit ihrer Zahnbürste, ich schnitt mir die Nägel mit ihrem Scherchen. Ich tat, als wäre ich in meiner eigenen Wohnung, in meinem eigenen Himmel, in einem Himmel, der nur für mich allein geschaffen war.

Dann nahm ich meine Sachen aus der Maschine und gab sie in den Wäschetrockner. Ich schätzte, es würde noch einmal eine oder zwei Stunden dauern, bis sie trocken waren.

Im Bad war kein Fenster, die feuchte Luft wurde abgesaugt. Ich rieb mit dem Handtuch, mit dem ich mich abgetrocknet hatte, den Spiegel und die Kacheln trocken, putzte die Wanne aus und legte das Handtuch zu meinen Sachen in den Wäschetrockner. Stellte die Zahnbürste in ihr Glas zurück, schob das Glas zurecht, bis sein Platz der Fotografie entsprach. Seife, Haarwaschmittel, Kamm und Schere, alles bekam seinen Platz zurück.

Ich hatte Hunger. Die zwei dünnen Brotscheiben mit Käse und Wurst waren mir zuwenig. Ich nahm mir den Vorratsschrank in der Küche vor. Einige Konservendosen standen ganz hinten – Ravioli vor allem, Erbsen, Mais, Bohnen. Ich entschied mich für Ravioli.

›Willst du Detektiv spielen?‹ fragte der Spaßmacher.

›Frag zu‹, sagte ich.

›Glaubst du, die Frau ernährt sich von diesem Zeug?‹ fragte er.

›Nein‹, sagte ich.

›Was schließt du daraus, daß sie dennoch Konserven in ihrem Vorratsschrank aufbewahrt?‹

›Sie wohnt zum ersten Mal allein.‹

›Warum denkst du?‹

›Als ich zum ersten Mal allein wohnte, wußte ich am Anfang nicht, was das werden wird. Ich habe Mehl eingekauft. Ich dachte, der Mensch allein in einer Wohnung braucht Grundnahrungsmittel. Vier Kilo Mehl habe ich gekauft und wußte doch nicht einmal, was ich mit Mehl anfangen sollte. Grieß habe ich gekauft, Zucker, Öl. Und als ich einsah, daß ich nicht der Typ bin, der mit Grundnahrungsmitteln zurechtkommt, kaufte ich Konserven, und das Mehl und den Grieß schüttete ich weg. Und dann stellte ich fest, daß ich auch nicht der Typ bin, der sich Konserven heiß macht. Nach einem halben Jahr ungefähr merkte ich das …‹

So unterhielten wir uns, der Spaßmacher und ich, während ich einen Topf mit Wasser auf den Herd stellte. Ich bedachte alles. Wenn ich den Doseninhalt in einen Topf schütte, sagte ich mir, wird die ganze Wohnung nach Ravioli riechen und der Geruch wird bis zum Abend halten. Also erhitzte ich die geschlossene Dose im Wasserbad. Vorsicht beim Öffnen! Kann spritzen! Was machst du, wenn Tomatensoße auf die Tapete spritzt! Habe ich alles bedacht. Ich wickelte die Dose in Klopapier und öffnete sie im Bad und aß unter dem Luftabzug. Das kam mir schlau vor.

Anschließend nahm ich zwei Aspirin und legte mich im Wohnzimmer auf den Boden. Aber das war nicht gemütlich. Es war nicht gemütlich und nicht würdig. Hatte ich mich nicht wie ein Feldherr gefühlt? Hat der Mensch seinen Illusionen gegenüber nicht eine Verpflichtung? In Kleidern auf dem Fußboden zu liegen und sich in den Teppich einzuwikkeln, mag ja noch angehen, aber nackt – nein. Ich ging ins Schlafzimmer, versuchte mir die Zerwühlung des Bettes einigermaßen einzuprägen, und legte mich unter die Decken. Und schlief wie ein Gott. Wie ein König. Wie der Mensch, der mit seinem Gott und seinem König zufrieden ist.

So gegen zwei Uhr nachmittag wachte ich auf. Erfrischt. Gesund. Kräftig. Hungrig. Ich wärmte mir eine Tasse Milch und gab Haferflocken hinzu. Meine Sachen waren inzwischen längst trocken. Ich schlüpfte in die warmen, wohlriechenden, trockenen Sachen. Besonders das Hemd war angenehm. Es war ein breitkariertes Flanellhemd, das im Trockner flauschig weich aufgegangen war. Ich kam mir vor wie im Werbefernsehen. Nie habe ich das Hemd so angenehm auf meiner Haut gespürt. Ja, es war der Tag der Superlative.

Dann fragte ich den Spaßmacher: ›Was soll ich mit den restlichen zweieinhalb Stunden anfangen?‹

Und er sagte: ›Sei neugierig. Öffne die Schränke! Öffne die Schubladen! Suche nach Tagebüchern! Suche nach Briefen! Schau dir Fotos an! Sei indiskret! Niemand ist da. Keine Zeugen. Mach's wie der Adel und nimm! Es gibt nichts Interessanteres und Zeitvertreibenderes als Indiskretion.‹

So sprach der Spaßmacher. Er sprach so. Ja, ja, ich weiß schon, was Sie sich denken.«

»Was denke ich«, fragte ich.

»Sie wissen genau, was ich meine. Aber der Spaßmacher hat nun einmal so gesprochen. Ich möchte gern ein Glas Wein.«

Ich bestellte ein Viertel Rotwein.

»Sie trinken keinen Wein?« fragte er mich.

»Nein«, sagte ich, »ich bin allergisch gegen Wein. Ich bekomme Heuschnupfen davon.«

»Aha«, sagte er geistesabwesend. »Wissen Sie«, sagte er, »ich habe mich wieder in diese Frau verliebt. Zum zweiten Mal verliebt. Sie hieß Marianne. Ich habe die Wohnungstür einen Spalt weit geöffnet und auf das Namensschild geschaut.«

»Nur Marianne?«

»Nein. Was reden Sie für einen Unsinn! Natürlich heißt sie nicht nur Marianne, kein Mensch heißt nur Marianne. Aber ich werde Ihnen ihren vollständigen Namen nicht sagen.

Ich habe mich in Marianne verliebt. Und schuld daran war diesmal nicht die Erinnerung an den Goldhelm. Und das ging so: Ich wollte nämlich nicht tun, was mir der Spaßmacher einredete. Ich wollte nicht in den Schubladen wühlen und in den Schränken schnüffeln. Ich habe mich an den alten Sekretär im Wohnzimmer gesetzt und zu Hause angerufen. Ich wünschte, daß mein Bruder am Apparat sei, und ihm wollte ich sagen: Hör zu, ich bin in einen Schlamassel geraten, frag nicht. Du mußt mir Geld schicken.

Ich wählte die Nummer und es klingelte an der anderen Seite. Ich sah die Wohnung meiner Eltern vor mir, die Diele, in der das Telefon hing …

Ich legte auf.

Man glaubt es nicht! Man kann nicht glauben, was ich für ein Narr bin! Ich fotografiere ein Badezimmer, weil ich so klug bin und im voraus weiß, daß kein Mensch aus dem Gedächtnis ein ihm unbekanntes Zimmer wieder in jenen Zustand versetzen kann, in dem es war, bevor er seine Spuren hinterlassen hat. Ich koche Ravioli in der geschlossenen Dose auf, weil ich den Geruch vorausrieche, und wickle die Dose in Klopapier und öffne sie über der Badewanne – Voraussicht und Vorausplanung auf allen Gebieten. Und dann versage ich: Will Geld zugeschickt bekommen und weiß nicht einmal, an welche Adresse …

So denke ich und denke, und dabei sitze ich an dem alten Sekretär, und während ich denke und denke, öffne ich eine der Schubladen und schaue hinein, und da sehe ich ein Holzkästchen, auf dem die Umrisse eines Mikroskops eingebrannt sind, und während ich noch denke und denke, öffne ich das Holzkistchen, und darin ist auch tatsächlich ein Mikroskop, und ich nehme das Mikroskop heraus, und unter dem Mikroskop liegen Geldscheine. Aha, denke ich, da habe ich doch tatsächlich die eiserne Reserve meiner Dame entdeckt.

›Na‹, sagt der Spaßmacher.

Na, sage ich zu mir, morgen dann! Morgen dann will ich mich davonmachen. Wie ein Dieb. Als ein Dieb. Und denke: Wenn schon, denn schon. Und fange an, in Mariannes Sachen herumzustöbern …

Vergessen Sie nicht, das ist alles Vorwort. Da war eine Fotografie, die fiel mir als erstes in die Hand. Kein Hintergrund zu sehen auf dem Bild. Marianne schaut mich an, ein wenig lacht sie, ein wenig sind die starken, runden Brauen gehoben. Wurde sie überrascht? Von wem? Von mir. Von wem denn sonst. Ihr Blick zielte auf meinen Blick. Das hat mir den Bauch zusammengezogen.

Was sagte dieser Blick? Er sagte: ›Du hast von meinem Brot gegessen, du hast meinen Kaffee getrunken, hast von meinem Käse gegessen, hast meine Waschmaschine benutzt und meinen Wäschetrockner, meine Ravioli hast du dir warm gemacht, in meiner Badewanne hast du dich wie im Himmel gefühlt, die Zähne hast du mit meiner Zahnbürste geputzt, deine Haare mit meinem Kamm gekämmt, hast dich mit meinem Handtuch abgetrocknet und hast in meinem Bett geschlafen, wie ein Mensch, der mit seinem Gott und seinem König zufrieden ist. Mein Geruch war dir willkommen. Die übriggebliebene Wärme meiner Nacht hat dich in deinem Elend getröstet. Jetzt willst du mein Geld stehlen und willst mich verlassen.‹

Und ich fragte in das Fotografiegesicht zurück: ›Was soll das heißen, liebe Dame? Was soll das heißen, dich verlassen? Das sagt man einem Liebhaber. Ich aber bin ein Einbrecher. Nicht dein Liebhaber.‹

Da sagte ihr Blick: ›Nicht? Bist du nicht mein Liebhaber?‹

›Spaßmacher‹, rief ich, ›Spaßmacher, sag's ihr!‹

›Was soll ich ihr denn sagen‹, fragte der Spaßmacher. ›Sie hat doch recht.‹

Und da ist mir ganz anders geworden. Und wie der Föhn vom Süden über die Alpen fährt, so ist mir das Gesicht heiß geworden. Und ich habe mich in sie verliebt, nun zum zweiten Mal in sie verliebt. – Was halten Sie davon?«

»Sie haben eine sehr ausgebildete Gabe, im Selbstgespräch Dialoge zu führen …«

»Was habe ich?«

»Es gibt amerikanische Untersuchungen«, sagte ich langsam …

»Die interessieren mich nicht«, schnitt er mir das Wort ab.

»Aber Sie wissen doch noch gar nicht, was ich sagen will …«

»Sprechen Sie nicht von amerikanischen Untersuchungen und solchem Quatsch! Ich bin in meinem Herzen Mathematiker. Ich glaube an Wunder, die ganze Mathematik ist ein Wunder. Oder als was würden Sie den Satz von Vieta bezeichnen?«

»Den kenne ich nicht.«

»Das überrascht mich keineswegs. Man kann die Sache abkürzen und sagen: Ich war verwirrt. Dagegen ist nichts einzuwenden. Es bleibt die Tatsache, daß ich mir einbildete, diese Fotografie schaue mich an, und zwar nur mich. Ihr Blick meinte mich und zwar nur mich. Aber wie auch immer, was auch immer Ihre amerikanischen Untersuchungen sagen – jedenfalls habe ich mir meinen Entschluß, das

Geld aus dem Sekretär zu nehmen und abzuhauen, von dieser Fotografie verderben lassen.

Und nun begann mein trauriger Abend, der so einsam war und in so zähem, lauem Moll gestimmt.

Es gibt Gefühle, die sind wie Befehle. Und das Gefühl, das mich ausfüllte, seit ich die Fotografie gesehen hatte, dieses Gefühl forderte – ja, forderte! –, daß ich die Haut dieses Gesichts zu spüren bekomme. Mit dem Druck einer leidenden Not pochte dieses Gefühl auf ein Recht. Auf was für ein Recht denn? Ein axiomatisches Recht. Ein Recht, das aller Kreatur zusammen mit ihrer Kreaturhaftigkeit gegeben wird. Ist das deutlich genug? Ich habe ein Recht, sagte ich mir, ein Recht, das Gesicht auf dieser Fotografie zu streicheln, verdammtnochmal!

Wissen Sie, Sie dürfen mich nicht für einen Narren oder einen Schwätzer oder für einen Spaßmacher halten. Was ich Ihnen erzähle, verträgt keine Diskussion. Ich mache Sie darauf aufmerksam, ich habe die Freiheit, mir Ihre Einwände nicht anhören zu müssen. Ich werde sagen: ›Einen Augenblick, mein Herr, ich komme gleich wieder, ich muß nur schnell telefonieren.‹ Dann gehe ich, gehe an dem Tischchen mit den Zeitungen vorbei, winke Ihnen zu und komme nicht wieder. Darin besteht meine Freiheit. Verstehen Sie mich?«

»Nein«, sagte ich.

»Gut«, sagte er und fuhr mit einem zarten Lächeln zwischen den Worten fort. »Ich öffnete die Fenster – war dabei hoffnungslos –, verglich noch einmal das Bad und die Küche und das Wohnzimmer mit den Fotografien – war dabei hoffnungslos –, schloß die Fenster wieder und verließ die Wohnung. Verstehen Sie meine Hoffnungslosigkeit?«

»Die verstehe ich.«

»Es war eine Vertreibung. Ich war die jämmerliche Mangelkreatur und der vertreibende Erzengel in einem. Ich hatte gedacht, ich hätte die Erkältung überwunden. Aber als ich dann oben in meiner Hölle lag, da fühlte ich, wie der Schüttelfrost nach mir griff, der Kopf begann wieder zu schmerzen, und das Blut im Hals pochte. Und das Styropor fühlte sich kalt an. Und ich dachte, es muß ja kalt sein, weil ich kalt bin. Es gibt kein besseres Meßgerät für unsere seelische Befindlichkeit als Styropor. Ich war deprimiert.

Nein, dachte ich, bevor ich mich hier wieder für zwölf Stunden begrabe, will ich sie sehen. Und ich schlüpfte aus meinem isolierten Sargloch und zitterte und schlug die Zähne aufeinander und schaute aus dem hohlen Geisterloch meines Fensters hinaus in den Nebel.

Was heißt Einbilden? Ich verstehe Ihre Sprache nicht sehr gut, ich bin nicht aufgewachsen in Ihrer Sprache. Aber gerade deshalb habe ich vielleicht die Armspanne Abstand zu den Worten, die nötig ist, um sie als Ganzes zu umfassen. Ich höre den geheimen Sinn der Worte vielleicht besser heraus als Sie, die Sie Ihre Worte von Kindheit an gebrauchen. Denn Sie können die Worte ja gar nicht mehr als sie selbst hören und gebrauchen. Ihre Erinnerungen und Assoziationen, die gar nichts mit den Worten, sondern nur mit Ihnen selbst zu tun haben, stehen vor den Worten, hängen sich an sie wie Kinder an den Vater und verstellen Ihnen die klare, freie Einschätzung ihrer Talente. Einbilden heißt: hineinbilden. So muß ich dieses Wort verstehen. – Ich hatte Sehnsucht nach dieser Frau, die Marianne hieß. Ihr Blick stach aus der Fotografie heraus, in die Welt hinein, und er hatte mich getroffen und hatte etwas in mich hineingebildet. Und ich verging fast.

Ich kroch aus meiner Höhle und stand unentschlossen in dem leeren, nach feuchtem Zement riechenden Raum über ihrer Wohnung. Ich wollte sie wenigstens sehen. Aber nicht wieder von schräg oben. Aus dieser Perspektive kannte ich sie ja bereits. Was wird mich dieses Gesicht erst entzücken, wenn ich es leibhaftig vor mir sehe, dachte ich, und nicht nur auf einer Fotografie.

Ich lief über die Stiege hinunter in den Keller des Blocks. Der Keller war noch nicht ausgebaut. Hier war es noch frostiger als oben. Ich blieb nahe bei der Stiege stehen. Als sich meine Augen an die Dunkelheit gewöhnt hatten, sah ich zu meinen Seiten Schatten aufwachsen. Hier war es feucht, am Boden stand streichholzschachtelhoch das Wasser. Und neben der Streichholzschachtel lag eine tote Maus, sie hatte sich auf eine durchweichte Zementsackinsel gerettet und war dann wohl erfroren. Die Augen waren zugedrückt und die Pfötchen unter dem Kopf zusammengezogen.

Hier unten war die Welt in einem Ausmaße traurig, wie Sie es nicht für möglich halten. Und ich bereute es, daß ich heruntergekommen war. Ich wagte es nicht, durch die offenen Türschlünde in die Kellerräume zu spähen. Ein feuchter, träger Luftzug drang aus der Dunkelheit und streifte mich im Nacken. Die Figuren aus meinen Fieberträumen zuckten durch die Undurchsichtigkeit vor meinen Augen, und ein Gedanke fuhr in mich hinein, nämlich daß diese irrsinnigen, verzweifelten Figuren meiner Träume dort hinter mir, in den Kellerräumen, ein Verließ hatten. Ekel darüber, daß sie einem solchen Ausmaß an Gleichgültigkeit zum Opfer werden konnten, schlug sie mit fassungslos stummem Leid. Hier endest du, sagte ich mir.

›Ende ich hier‹, fragte ich den Spaßmacher.

›Nein‹, sagte er, ›du bist in den Keller gestiegen, um Marianne, die Frau, die dir ihren Himmel leiht, hier zu erwarten, so daß du ihr aus einer Perspektive von vorne rechts unten ins Gesicht sehen kannst. Denn von vorne links oben kennst du sie bereits.‹

›Warum habe ich dann aber das Gefühl, ich bin nicht ihretwegen hier‹, fragte ich den Spaßmacher. ›Warum kommt es mir so vor, als wäre dieser Keller sinnbildlich?‹

Und der Spaßmacher sagte: ›Es gibt für jeden Schritt in die Tiefe eine plausible Erklärung und eine rationale Begründung. Die habe ich dir gegeben. Sie besagt, du bist hier wegen der Frau, die vielleicht gleich zur Haustür hereinkommen wird. Damit du ihre zarte Gesichtshaut aus einer Zweimeternähe sehen kannst. Das ist die plausible Erklärung, die rationale Begründung. Über das Sinnbildliche frage mich lieber nicht.‹

Und ich sagte: ›So, mein Freund, ich sage dir etwas. Wenn Marianne, die Frau, die mir ihren Himmel leiht, zur Haustür hereinkommt, dann werde ich die fünf Stufen aus dem Keller heraufsteigen und sie ansprechen.‹

›Und was wirst du ihr sagen‹, fragte der Spaßmacher.

›Ich werde mich vorstellen und werde sie bitten, mir einen Augenblick Gehör zu schenken. Ich werde sie bitten, mich in ihre Wohnung einzuladen.‹

›Sie wird sich hüten‹, sagte der Spaßmacher.

›Was ist mit dir los‹, sagte ich, ›erst hetzt du mich mit wahnsinnigem Optimismus auf, verlangst aus meinem Mund, man solle mich durch das Fenster eines Schnellzuges heben, schlüpfst auf meinen Füßen in eine fremde Wohnung, nimmst dir mit meiner Hand einen fremden Schlüssel von einem fremden Haken und jetzt machst du mir die Welt madig! Sie wird mich zu sich in ihre Wohnung einladen. Sie wird. Sie wird mir Tee anbieten und Aspirin.‹

›Sie hat keine Aspirintabletten mehr‹, sagte der Spaßmacher, ›die hast du ihr alle geklaut.‹

Da hatte er recht, ich hatte alle ihre Aspirin geschluckt, mit Honigmilch.

›Macht nichts‹, sagte ich. ›Ich werde ihr alles erzählen. Alles. Alles der Reihe nach. Ich werde ihr alles erzählen, genau so, wie ich es dem Schriftsteller im Café Eiles in Wien erzählen werde.‹ Gut, das habe ich nicht gesagt, dann wäre ich ja ein Hellseher gewesen. ›Sie wird mich verstehen‹, sagte ich.

›Gut, sagte der Spaßmacher, ›dann probier es.‹

Ich hatte gute Aussicht von hier unten. Ich stand im Dunklen, niemand, der von außen kam, konnte mich sehen. Aber ich konnte jeden sehen, der das Haus betrat. Ich konnte jemanden, der auf die Tür zukam, schon von weitem durch die Glasscheibe sehen. Und da sah ich sie.

Ich erkannte sie sofort. Sie trug ihren dunkelblauen Mantel, die Hände hatte sie in die Taschen gesteckt und mit den Händen schloß sie den Mantel fest um sich. Den Kragen hatte sie aufgestellt. Es schneite nur wenig, aber es war kälter als in den vorangegangenen Tagen. Vor der Tür blieb sie stehen und holte den Schlüssel aus ihrem Mantel. Ich machte mich bereit, auf sie zuzugehen.

Da tuschelte mir der Spaßmacher ins Ohr: ›Du frierst, nicht wahr?‹

›Ja‹, sagte ich, ›ich friere.‹

›Mehr noch als gestern‹, sagte der Spaßmacher, ›nicht wahr?‹

›Ja, mehr als gestern‹, sagte ich.

›Ist das nicht eigenartig‹, sagte der Spaßmacher. ›Warum frierst du mehr als gestern, obwohl du heute den ganzen Tag im Warmen warst?‹

›Weiß ich doch nicht‹, sagte ich. ›Warum friere ich heute mehr als gestern?‹

›Soll ich es dir sagen?‹ fragte er.

›Ja, Menschenskind!‹ sagte ich.

›Deshalb‹, sagte er, ›weil du kein Unterhemd anhast.‹

Da schoß es mir heiß ins Herz: Ich hatte mein Unterhemd, ein langärmliges, weißes, dessen Bünde dunkelblau eingefaßt waren, das vorne ein Stück weit aufgeknöpft werden konnte, dieses schöne, männlich schöne, einmalige, frischgewaschene Unterhemd – ich hatte es in der Wohnung vergessen.

Ich war fassungslos. Und ich vergaß, Frau Marianne ins Gesicht zu sehen. Eine Sekunde, vielleicht eine Dreiviertelsekunde hätte ich Gelegenheit dazu gehabt. Dann war sie schon an mir vorüber. Und mein Vorsatz, sie anzusprechen und ihr alles zu erzählen, wie ich es Ihnen hier im warmen Café Eiles erzähle, der Vorsatz war dahin.

Wo hatte ich das Hemd liegen lassen? Im Trockner? In der Waschmaschine? Oder lag es offen im Bad? In der Küche? Im Schlafzimmer? Im Bett unter die Zudecke gewurstelt? Beim Telefon?

Inzwischen kamen auch andere Leute nach Hause. Manche kamen allein, eilten die Stiege hinauf. Andere kamen zu zweit, die blieben in der offenen

Tür stehen und warteten auf einen dritten oder unterhielten sich. Die Zugluft machte mich starr und dumm. Ich wagte es nicht, mich von der Stelle zu rühren. Daß einer in den Keller kommen würde, damit rechnete ich eigentlich nicht, denn hier unten gab es nichts. Was sollte hier einer suchen? Das Licht wurde angedrückt, dann ging es nach einer Weile wieder aus. Gerade wollte ich mich aus meinem Versteck schleichen, da kam der nächste. Jetzt war mir klar, warum ich heute Nachmittag mein Flanellhemd so flaumig weich gefunden hatte. Weil ich es direkt auf der Haut trug. Jetzt war das Hemd nicht mehr flaumig, es war klamm, feucht, und ich hätte heulen mögen, weil ich wußte, in einem Radius von hundert Kilometern gab es keinen ärmeren Hund als mich.

Nein, es war nicht die Sorge, man könnte mich erwischen und zur Rechenschaft ziehen, die mir so zusetzte. Was hätten sie mir schon tun können? Mich ausweisen? Na und! Mich einsperren? Na und! Ausweisen hätte bedeutet, man würde mir zu einer Zugfahrt verhelfen. Wunderbar! Ich könnte – endlich! – meinen Weg dort fortsetzen, wo ich ihn aus einem Anflug idiotischen Heldentums heraus unterbrochen hatte. Und einsperren? Es wäre eine grandiose Verbesserung meiner augenblicklichen

Situation gewesen. Nein. Voll tragisch neidischer Ironie blickte ich auf den, der ich noch vor einer Viertelstunde gewesen war, der von einer Vertreibung gesprochen hatte, als er die Wohnung, den Himmel, verließ, mit dem Schlüssel in der Tasche und der Gewißheit im Kopf, morgen wieder hierher zurückkehren zu dürfen, morgen, übermorgen, immer. Was war ich glücklich gewesen! Die nächtliche Hölle wäre immer wettgemacht worden durch den täglichen Himmel. Aber nun – nun war ich wirklich vertrieben. Man würde mich erwischen, einsperren oder ausweisen – egal, wesentlich war: Man würde mich aus dem Himmel stoßen!

Und noch etwas: Ihr kreidete ich das an, der Frau, der mein Himmel gehörte. Marianne. Frostig und dumm waren meine Gedanken, und die Bitterkeit fraß bis auf die Knochen. Dein Blick auf der Fotografie, sagte ich, dein Blick, der nach meinem Herzen gegriffen hat, er hat meinen Kopf blöd gemacht. Ich verliebe mich in eine weiche Wange auf Fotopapier und gebe dafür meinen Himmel preis …

Irgendwann verließ ich den Keller. Ich spürte das Geländer nicht, so hart und fremd vor Kälte waren meine Hände. Inzwischen waren meine Sinne herabgemindert auf kleinstes Glühen, dadurch war das Unerträgliche ertragbar gemacht. Meine

Zunge im Mund schien mir der Inbegriff des Tatsächlichen und Unleugbaren.

Stirb nicht, dachte ich, und kroch in mein Styropornest.

›Stirb nicht bis morgen‹, sagte der Spaßmacher ... – Darf ich Sie etwa fragen?«

»Bitte.«

Er stützte die Ellbogen auf die Marmorplatte des Tisches, faltete die Hände vor Nase und Mund und hauchte hörbar in seine Handflächen hinein. Seine Stirn war feucht von Schweiß und glänzte weiß, ungesund, wie mir schien. An manchen Stellen traten zartblaue Adern hervor.

»Bin ich liebenswert?«

»Diese Frage ist unfair«, sagte ich nach einem Zögern, das nicht länger, aber auch nicht kürzer war, als es sein durfte. »Sie ist nach allen Seiten hin unfair. Sie ist unfair mir gegenüber, und Ihnen selbst gegenüber ist sie auch unfair.«

»Sie verstehen mich falsch«, sagte er. »Sie verstehen die Intention dieser Frage falsch. Ich frage nicht, wie Sie sicher glauben, weil ich will, daß Sie mich für liebenswert halten. Ich weiß, daß ich liebenswert bin. Ich wollte nur hören, ob Sie es auch wissen. Was soll daran unfair sein?«

»Dann ist es ja gut«, sagte ich.

»Ich muß wohl liebenswert sein«, sagte er und machte dabei eine ungeduldig zufriedene Geste, die vielleicht so viel sagte wie: Nicht schon wieder so viel Gutes! »Ich muß es wohl sein. Der Himmel ist eine schwierige Frage, die im Zwielicht der Zukunft liegt. Aber manchmal dreht er die Kausalität um und setzt die Antwort vor die Frage. Und die Antwort des Himmels lautete in meinem Fall: Dieser hier ist mir liebenswert. – Der Himmel hat es nicht zugelassen, daß er mir weggenommen wurde.

Am nächsten Tag, ich war auf alles gefaßt, betrat ich – wie sich herausstellte, war es neun Uhr – die Wohnung. Und – was meinen Sie?«

»Was soll ich meinen?«

»Ich fand mein Unterhemd.«

»Ja?«

»Es lag auf der Waschmaschine.«

»Auf der Waschmaschine?«

»Jawohl, mein Herr.«

»Ja und?«

»Es war gebügelt und fein säuberlich zusammengelegt. Verstehen Sie? Mein Unterhemd strahlte die Zweifellosigkeit einer Absicht aus. Sie weiß alles, dachte ich. Mußte ich denken. Marianne weiß, daß jemand in ihrer Wohnung war – nein –, daß ich in ihrer Wohnung war. Ich! Und sie billigt es. Sie hat mein Unterhemd gebügelt und fein säuberlich zusammengelegt. Sie billigt nicht nur, daß ich in ihrer Wohnung bin, sie will es.

Und jetzt frage ich Sie noch einmal: Bin ich liebenswert? Und zugleich verbiete ich Ihnen die Antwort. Ob Sie mich für liebenswert halten oder nicht, bedeutet mir wenig. Ich kenne Sie nicht. Sie kennen mich nicht. Aber ich sage Ihnen: Ich bin so liebenswert, daß mich sogar der Spaßmacher darum beneidete.

›So liebenswert wie du wäre ich gern‹, sagte er. ›Hier ist dein Himmel. Hier bist du in deinem Himmel.‹

›Ja‹, sagte ich zum Spaßmacher. ›Da hast du recht.‹

›Und ich‹, sagte er, ›habe ich keinen Himmel?‹

›Aber freilich‹, sagte ich, ›dein Himmel ist in meinem Bauch, oder wo immer du steckst. Oder steckst du in meinem Ellbogen? Oder im Adamsapfel? Oder unten im Knie? In welchem Knie? Im rechten oder im linken? Oder gar in den Füßen? In welchem Fuß? Du steckst in den Füßen. Was ist los mit dir? Hast du einen schlechten Tag heute? Steckst in meinen Füßen, bist eingeklemmt zwischen Zehen und Sohle. Hast dir eine Höhle zurechtgemacht. Alles um dich herum hat dieselbe Temperatur wie du? Nur ein Luftloch hast du dir gelassen? In welchem Fuß steckst du? Sie sehen beide gleich aus, meine Füße. Stehen nebeneinander, stehen parallel. Sei froh, daß ich gute Schuhe habe! Ich an deiner Stelle würde in meine Achselhöhle kriechen. Ich lade dich ein in meine Achselhöhle! Da hast du ein Zimmer für dich allein. Hier ist dein Himmel.‹

So übermütige Dinge besprach ich mit dem Spaßmacher.

›Du bist glücklich‹, sagte er.

›Ja, ich bin glücklich‹, sagte ich.

Ich zog mein Unterhemd an, und zum dritten Mal verliebte ich mich in Marianne, zum dritten Mal in drei Tagen.

Dreimal verlieben in drei Tagen, jedesmal anders, aber jedesmal in dieselbe Frau! Bedenken Sie, bedenken Sie die – beinahe möchte man sagen: handwerkliche – Raffiniertheit meines Gefühls! Und ich will es Ihnen gleich jetzt schon verraten: Es wird noch ein viertes Mal geben. Mein Herz ist ein Wunderwerk an emotionaler Ökonomie! Es schlug gegen meine Rippen, daß mir ganz schwirrig wurde. Nun wird mir nichts Böses geschehen können, dachte ich, denn vor einem solchen Ereignis, und das war es ja wohl, ein Ereignis, vor dem sich das Weltall verneigte, dachte ich, vor einem solchen

Ereignis, würde jedes Gericht kapitulieren. Der Richter würde lächelnd das Gesetzbuch zumachen und sagen: Nein, hier gelten andere Maßstäbe ...«

»Und Ihr Spaßmacher?« fragte ich und bereute es auf der Stelle.

»Nicht unterbrechen, bitte, nicht unterbrechen«, rief er leise, als versuchte er gerade einen schwierigen Balanceakt. »Können Sie denn nicht ermessen, daß dies ein heiliger Augenblick war? Der heiligste Augenblick in meinem Leben. Sie können es nicht.«

»Verzeihen Sie«, sagte ich, »ich würde natürlich gern, aber andererseits ...«

»Niemand kann das ermessen«, sagte er ruhig. »Auch würde kein Richter das Buch schließen und sagen, man müsse andere Maßstäbe anlegen. Vielleicht verneigt sich das Universum, das vielleicht, aber das merkt keiner.

Ich, der ich zur Mathematik tendiere, fand ja selbst bald die Fassung zurück. Ich habe mich als engherzig erwiesen. Es ist kein Beweis, sagte ich mir, ich ungläubiger Thomas. Ein Beweis ist es nicht. Kann ja sein, daß sie ein ähnliches Unterhemd besitzt und das meine für das ihre hielt oder daß sie einen Freund hat, der ein ähnliches Unterhemd besitzt, oder daß sie meint, ihr Freund besitze ein ähnliches Unterhemd und habe es bei ihr vergessen. All diese Überlegungen stellte ich an, während ich im Wohnzimmer saß und ihr Bild betrachtete. – Ihre Augen aber sagten etwas anderes. ›Ich meine dich‹, sagten sie, ›nur dich meine ich.‹

Ich habe gebadet, gegessen, getrunken. Dann hielt ich es nicht mehr aus. Ich öffnete den Kleiderschrank im Schlafzimmer und nahm eine rot-grün gemusterte Sportjacke heraus, eine gefütterte Sportjacke, die an einem Mann nicht allzu merkwürdig aussah. Dann machte ich mich an die Schatulle mit dem Mikroskop. Ich mußte hinaus.

Die Wohnblocks lagen außerhalb einer kleinen Stadt. Ich ging an der Straße entlang, es waren zwar noch immer Wolken am Himmel, aber die flogen sehr hoch, und der Tag schien heller als die vorangegangenen Tage. Die Landschaft aus ineinandergefügten Hügeln war tief in Schnee versunken. Eine eilende, ungeduldige Stille herrschte. Ich empfand das so. Nur selten überholte mich ein Auto. Ich hatte zwei Hunderter aus der Schatulle genommen. Ich wollte mich satt essen. Wurstsemmeln wollte ich in mich hineinschlingen, und Coca Cola wollte ich trinken. Und zwei süße Kuchen wollte ich essen. Und das tat ich auch. Und ich trank eine Tasse Kaffee in einem Eduscho-Laden. Dann waren die zweihundert Schilling futsch.

Und wie ich so bei Eduscho stehe, da meldet sich der Spaßmacher unter meiner Achsel: ›Schau einmal da zum Fenster hinaus‹, sagt er. ›Was siehst du?‹

›Das Schaufenster eines Kaufhauses sehe ich‹, sagte ich.

›Und was siehst du in dem Schaufenster?‹ fragte der Spaßmacher.

›Winterbekleidung‹, sagte ich. ›Schihosen, Anoraks, Mäntel.‹

›Schau die Jacken an‹, sagte er. ›Ist die Jacke dort drüben, die rot-grün gemusterte, gefütterte, nicht dieselbe wie die Jacke, die du trägst?‹

›Ja‹, sagte ich, ›es ist dieselbe. Ich nehme an, Marianne hat sie dort gekauft.‹

So redete ich mit dem Spaßmacher. Und bei dem Wort Marianne wurde mir ganz warm ums Herz. Ich steckte die Hände in die Jackentasche und hob die Jacke an mein Gesicht. Ich bildete mir auch ein, einen Hauch von Parfüm zu riechen.

›Also‹, sagte ich zum Spaßmacher, ›was ziehst du für Schlüsse? Warum tust du so geheimnisvoll wegen dieser Jacke?‹

›Diese Jacke‹, sagte er, ›ist doch ideal für dieses Wetter. Oder nicht?‹

›Ja,‹ sagte ich.

Und er sagte: ›Warum geht Marianne mit einem Mantel hinaus und nicht mit dieser viel praktischeren, leichten, gefütterten Jacke?‹

›Was weiß ich‹, sagte ich.

›Denk logisch‹, sagte er, ›du tendierst doch zur Mathematik.‹

›Vielleicht gefällt ihr die Jacke nicht‹, sagte ich.

›Richtig‹, sagte der Spaßmacher. ›Sie gefällt ihr nicht. Schau sie doch an, sie ist nicht schön. Riech an ihr, riechst du Mariannes Parfüm?‹

›Ich weiß nicht, was für ein Parfüm Marianne verwendet‹, sagte ich. ›Aber gerade bildete ich mir ein ...«

›Ach was! Du kennst ihr Parfüm doch von ihrem Bett‹, sagte er. ›Ihr Bett riecht nach ihrem Parfüm. Es ist ein herrlicher Geruch. Findest du ihn in der Jacke? Sei ehrlich!‹

›Nein, ich finde ihren Geruch nicht in der Jacke‹, gab ich zu. ›Worauf willst du hinaus?‹

Es war schön, bei Eduscho zu stehen und ohne den Mund zu bewegen ein so anregendes Gespräch über Marianne zu führen.

›Ich sage dir, worauf ich hinaus will‹, sagte der Spaßmacher. ›Sie hat diese Jacke geschenkt bekommen. Darauf will ich hinaus.‹

›Aha‹, sagte ich.

›Nein, nein, nicht, was du denkst‹, sagte der Spaßmacher, ›nicht von einem Geliebten hat sie die Jacke geschenkt bekommen. Der müßte doch wissen, was für einen Geschmack sie hat. Sie hat diese Jacke von diesem Geschäft dort drüben geschenkt bekommen.‹

›Meine Güte, was phantasierst du da‹, sagte ich.

Ein paar Schilling hatte ich noch, für eine zweite Tasse Kaffee reichte es gerade.

›Vielleicht phantasiere ich‹, sagte der Spaßmacher, ›vielleicht aber auch nicht. Die Jacke ist neu. Ich wette, sie hat sie noch nicht angehabt. Sie trägt lieber ihren geschmackvollen, schweren, unpraktischen, dunkelblauen Mantel, in dem sie so hübsch aussieht und nicht dieses papageibunte Ding, das vielleicht praktisch, dafür aber so häßlich ist wie dieses Schaufenster dort drüben. Bedenke doch‹, fuhr der Spaßmacher fort, ›vor knapp einem Monat war Weihnachten. Vielleicht arbeitet Marianne in diesem Geschäft dort drüben, und sie hat die Jacke von der Geschäftsleitung zu Weihnachten bekommen. Kann doch sein. Das ist ein Massenartikel. Und Geschäftsleitungen pflegen zu Weihnachten an ihre Angestellten Geschenke zu verteilen, die nichts wert sind, aber nach viel aussehen, und die sie nichts kosten.‹

›Also‹, sagte ich, ›was soll ich tun?‹

›Geh hinüber‹, sagte der Spaßmacher, ›geh in die Abteilung, in der diese Monstren verkauft werden und dort wirst du Marianne sehen!‹

Ich ging in das Kaufhaus und fragte mich zur Winterbekleidungsabteilung durch ... – Und dann sah ich sie. Ja. Ich bin jedenfalls überzeugt, daß sie es war. Beweis? Nun, natürlich habe ich keinen Beweis. Aber hören Sie weiter!

Sie bediente gerade einen Herrn, der ekelhaft aussah. Er hatte so ungewöhnliche Akne, daß er für einen Augenblick meine ganze Aufmerksamkeit auf sich zog und ich nicht auf sie, die vielleicht Marianne war, achtete. Er hatte ein Gesicht wie eine Pfanne voll roter Bohnen. Der Entwurf zu diesem Menschen, dachte ich, war aus dem Ekelarchiv der Natur gezogen. Und die Verkäuferin lächelte. Ja, sie hatte blondes Haar, einen blonden Helm, und sie hatte schöne, runde, hohe Brauen. Aber den Beweis, den Beweis oder exakt ausgedrückt: das sichere Indiz, daß es sich um Marianne handelte, nämlich das Namensschildchen auf ihrer Brust, das sah ich nicht. Ein Sekunde lang hatte sie sich mir frontal präsentiert, da hätte ich es sehen können. Aber in eben dieser Sekunde war ich von dem höllischen Gesicht ihres Kunden abgelenkt worden. Jetzt sah ich sie nur von der Seite. Und wie es der Teufel ins Werk setzt, ich konnte mich um sie herum bewegen, wie ich wollte, immer drehte sie mir eine Seite zu, nie sah ich sie von vorne.

Zu Hause fehlte mir der Mut, noch einmal in die Wohnung zu gehen. Es war bereits Viertel nach fünf. Gestern und vorgestern war sie um fünf nach Hause gekommen. Ich bildete mir ein, von der Straße aus Licht gesehen zu haben. Sicher war ich mir nicht. Ich muß doch die Jacke zurückbringen, dachte ich. Und dann dachte ich, nein, das tue ich nicht. Sie hat mir mein Unterhemd gebügelt und zusammengelegt und hat es mir hingelegt wie ein Geschenk, dann wird sie mir auch diese Jacke borgen, die sie haßt, weil sie häßlich ist, die sie von ihrer Geschäftsleitung zu Weihnachten geschenkt bekommen hat, weil Geschäftsleitungen billige Massenware an ihre Angestellten zu verschenken pflegen.

In der Nacht in meinem Styropornest verwendete ich die Jacke als Kopfkissen. Zum ersten Mal schlief ich wirklich gut.

Am nächsten Morgen fand ich in der Wohnung eine Überraschung. Der Tisch in der Küche war gedeckt. Bisher hatte Mariannes Geschirr herumgestanden, ihre Tasse mit einem Rest Kaffee, benutzte Messer und Löffelchen. Das Brot war von Bröseln umgeben gewesen, der Käse in seiner Verpakkung, die Wurst im Papier. Nun war gedeckt wie in einem feinen Hotel. Und Sachen waren da, die bisher gefehlt hatten: feiner Schinken auf einer Platte ausgelegt, verschiedene Sorten Käse, auf einen Teller gereiht, aufgeschnittene Tomaten, eine Schale mit Früchten, eine Schale mit Joghurt. Eine frische Tasse war da und ein Teller, das Besteck war an seinen vornehmen Platz gelegt. Es konnte kein Zweifel bestehen: Hier wurde jemand erwartet. Freilich, es hätte auch sein können, daß Marianne für sich gedeckt hatte und dann nicht dazugekommen war zu frühstücken. Aber glauben Sie das? Ich nicht. Nein, nein, es bestand kein Zweifel: Sie erwartete jemanden. Ihr Blick sagte: Sie erwartete mich. Ich stellte ihre Fotografie auf den Küchentisch und frühstückte unter ihrem Blick.

Den ganzen Tag überlegte ich, wie ich Marianne eine kleine, geheimnisvolle Nachricht hinterlassen könnte. Ach, ich wollte ja nicht plump und indiskret sein, ich wollte so zart sein wie sie, so andeutungsvoll und sanft. Stellen Sie sich vor, sie hätte zum Beispiel einen Brief auf mein Unterhemd gelegt. Hätte geschrieben: ›Lieber Herr Unbekannt, ich weiß, daß Sie hier in meiner Wohnung waren. Und ich habe nichts dagegen, ich habe Ihnen sogar

Ihr Hemd aufgebügelt und zusammengelegt. Vielleicht kommen Sie einmal, wenn ich zu Hause bin.‹ – Proletenhaft. Aufdringlich … Nein. Nein, nein, nein. Ich denke, es ist nicht sagbar …«

»Was ist nicht sagbar?« fragte ich nach.

»So etwas … wie … was sich zwischen Marianne und mir entwickelte. Jede Überdeutlichkeit würde alles zerstören. Und daran hielt ich mich. Ich veränderte viel in der Wohnung. Aber nur sehr geringfügig. Sie ist eine sensible Frau, dachte ich. Meine Veränderungen müssen in dem Bereich der Wahrnehmung liegen, in dem sie Wohlwollen und ein angenehmes Gefühl hervorrufen. Weniger wäre nicht mehr wahrzunehmen, mehr würde als aufdringlich aufgefaßt. Ich habe zum Beispiel die Bettdecke anders aufgeschlagen, als sie es tut. Oder ich habe die Zudecke so geformt, daß man meinen konnte, es läge jemand darunter. Oder ich habe einen Teller mit einer Frucht neben dem Bett stehen lassen. Oder ich habe eine volle Kanne frischen Kaffee aufgebrüht, kurz bevor ich die Wohnung verließ. Oder ich habe das Badezimmer vier Stunden lang geputzt, daß es so sauber war wie noch nie. Oder ich habe mich fordernd gegeben und eine Unordnung hinterlassen, die, hätte ich sie zu Anfang angerichtet, sicher zum Abbruch unserer Beziehung geführt hätte, nun aber als Ironie, gleichsam als ironisch symmetrischer Kontrast zum geputzten Badezimmer vom Vortag verstanden werden konnte – und wohl auch so verstanden wurde. Und immer fand ich am nächsten Tag kleine, zarte, unaufdringliche, geheimnisvolle Antworten. Einmal lag ein Buch neben dem Bett, und das Buch lag nicht etwa am Kopfende, wo es bestimmt gelegen wäre, wenn es Marianne gelesen und dort lediglich vergessen hätte, sondern es lag am Fußende. Sie müssen wissen, ich hatte nämlich just am Tag zuvor das Kopfkissen nach unten gelegt, weil ich besser Licht hatte beim Lesen. Und ich hatte das Kopfkissen so liegen lassen. Nun hat es Marianne zwar wieder an seinen eigentlichen Platz zurückgelegt, das Buch aber hat sie unten liegen lassen. Ich hatte das Buch aufgeschlagen aufs Gesicht gelegt, um mir die Seite zu merken. Sie kritisierte das zärtlich, indem sie das Buch zumachte, aber ein Zeichen zwischen die Seiten legte – ein Taschentuch.

Es war eine wunderbare Liebesgeschichte. Wenn Sie eines Tages ein Theologe fragen sollte, ob Sie der Meinung sind, daß es im Himmel Liebesgeschichten gibt – eine durchaus berechtigte Frage, finde ich – dann lehnen Sie sich lässig zurück und sagen: Jawohl, Hochwürden, es gibt. Ich erlaube Ihnen, mich als Zeugen zu nennen.

Ja, und dann geschah eines Tages das Unerwartete … – War ich vier Tage hier oder schon sechs oder erst fünf oder sieben? Ich wußte es nicht. Immer habe ich mich an den Fahrplan gehalten. Spätestens um halb fünf habe ich die Wohnung nach vorherigem ausgiebigem Lüften verlassen. Gegen halb sechs Uhr, das habe ich einige Male durch Beobachtung bestätigt bekommen, kam Marianne nach Hause. Immer kam sie allein. Immer allein. Sie kam mit ihrem Wagen. Auch das habe ich mit eigenen Augen gesehen. Sie stellte den Wagen vor dem Block auf einen Parkplatz, immer auf denselben.

Und eines Tages, es mußte so gegen vier Uhr gewesen sein, ich lag im Schlafzimmer auf dem Bett, hörte ich, wie der Schlüssel im Schloß gedreht wurde. Und ich war nicht erstarrt, wie Sie vielleicht erwarten, wie ich selbst erwarten würde, hätte ich mich nicht in einer solchen Situation erlebt. Nein, es war, als hätte sich alles in mir auf diesen Augenblick vorbereitet, ohne daß ich es merkte. Als hätte ich diesen Sonderfall oft und oft geprobt, rollte ich lautlos vom Bett herunter und rollte ebenso lautlos unter das Bett, bis ich in der Mitte unter dem Bett auf dem Bauch lag.

Es ist Marianne, dachte ich klar und kalt, und sie ist nicht allein.

Ich hatte recht. Ich hörte sie sprechen. Und ich hörte, daß ihr eine Männerstimme antwortete. Aber ich verstand weder sie noch den Mann. Ich sah, daß ich gut daran getan hatte, so schnell zu reagieren, denn die beiden ließen sich nicht einmal Zeit, die Schuhe auszuziehen oder ihre Mäntel abzulegen. Sie betraten sofort das Schlafzimmer – der Mann übrigens voran. Er sagte wieder etwas, was ich nicht verstand, was aber zornig und zugleich weinerlich klang.

Ihre Füße konnte ich sehen. Marianne trug schwarze Lederstiefel mit halbhohen Absätzen, wie sie für Wintertage geeignet sind. Er hatte große Füße, mußte also ziemlich groß sein, sehr wahrscheinlich jedenfalls. Auch bildete ich mir ein, seine Stimme komme von weiter oben als ihre. Er hatte beige Wildlederstiefel an, die mit einem Reißverschluß seitlich innen zu öffnen waren. An der Reißverschlußnaht konnte ich eine Flaumspur erkennen. Seine Stiefel waren also gefüttert, der Jahreszeit entsprechend. Über die Schuhe legten sich die Hosenbeine, ich schätzte, er trug einen Anzug. Braun, Fischgrät, mit eingearbeitetem feinem, gelbem Faden. Elegant. Ein eleganter Koloß mit klassisch geordneten Gesichtszügen, langweilig – so stellte ich ihn mir vor.

Er setzte sich aufs Bett. Er sagte, sie solle sich zu ihm setzen. Er schien sich ein wenig beruhigt zu haben. Nun konnte ich ihn besser verstehen. Die beiden duzten sich. Er saß wohl ziemlich weit vorne auf der Bettkante. Ich sah seine Füße eng und parallel nebeneinander vor dem Bett stehen und zwar doch relativ weit vom Bettrand entfernt, woraus ich nun zwingend schließen durfte, daß seine Oberschenkel recht lang waren, daß also der ganze Mann entweder völlig vermurkst oder, wie schon eingangs vermutet, recht groß war.

›Bitte, setzt dich neben mich‹, sagte er.

Das verstand ich. Er hatte eine merkwürdig helle Stimme, wie sie bisweilen bei großen, stark bemuskelten Männern vorkommt und wie ich sie zum Härchenaufstellen unsympathisch finde. Außerdem war seine Stimme schleppend, als habe er einen Schnupfen. Das erleichterte mir, ihn zu verstehen.

Ohne daß sie ihm eine Antwort gab, setzte sich Marianne neben ihn. Ihre Füße waren neben den seinen, nur näher beim Bett. Erst waren sie ebenso korrekt und eng und parallel wie seine, dann stellte sich jener, der näher bei den seinen war, etwas schief, die Spitze zeigte zu ihm hinüber, während der andere Fuß ausgestreckt wurde und nun ganz flach mit der Innenseite am Boden lag.

Sie sagte nichts.

Dann sagte sie, er solle das lassen. Sie hatten also etwas gemacht, das ihr nicht gefiel, das aber bewirkte, daß ihre Füße sich so eigenartig verstellt hatten, während seine Füße gleich geblieben waren. Nun stand sie auf.

Er fragte: ›Darf ich direkt sein?‹

Sie sagte: ›Ja.‹

Er sprudelte los, verhaspelte sich, hatte, wie ich erst jetzt bemerkte, obendrein einen kleinen Sprachfehler, der darin bestand, daß er bei Satzanfang mit dem Luftholen ins Gewürgs kam.

Ich würde sagen, die Hälfte verstand ich wörtlich. Inhaltlich verstand ich alles. Aus seiner Suada konnte ich auf die ganze Problematik der beiden schließen wie ein Mathematiker aus drei beliebigen Punkten auf einen Kreis. Offensichtlich waren sie ein Paar. Oder besser gesagt, ein Paar gewesen. Er war verheiratet – ich gebe zu, diese Deutung war nicht bis ins Letzte zwingend, aber doch bis an den Rand der Sicherheit wahrscheinlich, jedenfalls redete er immerzu von der ›Verantwortung den Meinen zu Hause gegenüber‹, die er ihretwegen, nur ihretwegen ›so leichtfertig über Bord geworfen habe‹.

Er war also, davon ging ich aus, verheiratet, und Marianne war seine Geliebte.

›Willst du nicht wenigstens deinen Mantel ausziehen‹, sagte er zwischendrein einmal.

Sie tat es nicht.

Ich beobachtete scharf ihre beiden Fußpaare. Er saß immer noch, sie aber ging auf und ab, und dieses Auf- und Abgehen wurde durch nichts unterbrochen oder unrhythmisch, und das wäre es ja wohl geworden, hätte sie ihren Mantel ausgezogen.

Ich schloß: Sie wollte diesen Mann loswerden. Wenn jemand einen Gast loswerden will, dann sucht er zu verhindern, daß dieser seinen Mantel auszieht, und das kriegt man am besten fertig, indem man selbst den Mantel anbehält. Ein halbwegs gebildeter Mann mit Manieren muß das zu deuten wissen.

Ob ihr Wort endgültig sei, fragte er.

Sie sagte nichts. Er wiederholte seine Frage.

Sie sagte: ›Ich weiß es nicht. Hör zu, ich weiß es einfach nicht.‹ Ihre Stimme klang fest, die Worte waren wohlgesetzt. Noch einmal sagte sie: ›Ich weiß es nicht.‹

Er fragte, was das heiße.

Sie sagte wieder, sie wisse es nicht.

Er sagte darauf: ›Nur damit ich weiß, ob ich dich richtig verstanden habe: Du weißt also weder, ob du mich verlassen willst, noch weißt du, was das alles zusammen bedeutet.‹

Sie sagte: ›Ja, genau so ist es.‹

Er sagte, das sei nicht möglich, das sei ein Unsinn, schon rein logisch.

Sie sagte: ›Ja, es ist ein Unsinn. Rein logisch ist es meinetwegen ein Unsinn.‹

Ich fand ihre Antwort großartig, richtig *sophisticated*.

Er fragte: ›Heißt das, du willst mich eventuell doch nicht verlassen?‹

Sie sagte: ›Nein, das heißt es nicht.‹

Er fragte, was es dann sonst heiße.

Sie sagte, sie wisse es nicht.

Er fragte, ob es irgend etwas auf der Welt gäbe, was sie wisse.

Sie sagte, ja, daß sie so nicht mehr weitermachen wolle.

Er fragte, was das heiße.

Sie sagte: ›Du weißt genau, was das heißt.‹

Er sagte: ›Ich weiß es nicht.‹

Sie sagte. ›Dann kann ich es nicht ändern.‹

Er sagte: ›Doch, du kannst es ändern.‹

Sie: ›Aber ich will es jetzt nicht mehr ändern.‹

Er: ›Was willst du jetzt nicht mehr ändern?‹

Sie: ›Was ich beschlossen habe.‹

›Was hast du beschlossen.‹

›Was ich dir am Telefon gesagt habe.‹

›So etwas muß man einem ins Gesicht sagen, nicht am Telefon.‹

›Was soll ich dir ins Gesicht sagen?‹

Darauf gab er keine Antwort.

Ihre Füße kamen den seinen näher. Drehten sich. Nun standen beide Fußpaare eng und parallel nebeneinander. Sie saßen also wieder auf dem Bett und schauten jeder vor sich hin und schwiegen.

Dann verschwand einer seiner Füße aus meinen Blickfeld. Der andere Fuß rutschte leicht schräg zu ihren Füßen hin. Dann hob sich auch dieser Fuß. Ich verlor beide aus meinem Blickfeld. Ihre Füße dagegen blieben, wie sie waren. Schließlich kehrten auch seine Füße in die parallele Ausgangssituation zurück. Ich interpretierte: Er wollte sich mit ihr aufs Bett legen, aber sie wollte nicht.

Schweigen.

Dann sagte er: ›Warum?‹

Sie sagte: ›Was warum?‹

›Ist es wegen einem anderen?‹

Schweigen.

Er wiederholte seine Frage: ›Ist es wegen einem anderen?‹

Sie sagte: ›Ja.‹

Er sagte: ›Aha. Das habe ich mir gedacht.‹

Sie sagte: ›Warum hast du dir das gedacht?‹

Er: ›Ich merke das.‹

Schweigen. Keine weitere Bewegung der beiden Fußpaare.

Dann er: ›Kenne ich ihn?‹

Sie: ›Nein.‹

Und schließlich seine Frage: ›Wie lange geht das schon?‹

Und ihre Antwort: ›Seit knapp einer Woche.‹

Kann nicht sein, dachte ich, sie lügt. Ich habe sie doch beobachtet. Sie kam jeden Abend nach Hause, allein, und verließ jeden Morgen ihre Wohnung, allein. Und am Tag arbeitete sie.

›Eine Woche also geht das schon‹, sagte er.

›Ungefähr, sagte sie.

›Und er war hier?‹ fragte er.

Ich hörte sie nicht antworten. Entweder sie sagte nichts oder sie nickte oder sie schüttelte den Kopf – drei Möglichkeiten. Ganz gleich wie, dachte ich, sie lügt.

›Was soll ich tun‹, fragte er.

Wieder war keine Antwort. Nach einer kleinen Weile bewegten sich seine Füße vom Bett weg.

Sie lügt ihn an, dachte ich.

›Wie konnte das geschehen‹, hörte ich die Männerstimme sagen. Sie war noch weiter in die Höhe gestiegen, und der kleine Sprachfehler hatte sich zu einem verzweifelt zischenden Seufzen ausgebreitet. An der Stellung seiner Füße konnte ich ablesen, daß er Marianne den Rücken zuwandte.

›Was soll ich darauf sagen‹, gab sie zur Antwort.

›Ich muß es wissen‹, sagte er. ›Kannst du dir nicht vorstellen, wie mich meine Fantasie martert, wenn ich nichts weiß?‹ So ähnlich sprach er, ich verstand nicht alles, manches mußte ich mir zusammenreimen.

›Was mußt du wissen?‹ fragte sie.

›Ich muß mir ein Bild machen‹, sagte er. ›Ich muß mir ein Bild von ihm machen.‹

Und auf einmal – auf einmal hämmerte das Herz in meiner Brust, ich meinte, sie müßten es über mir hören können. Es war mir, als sollte ich hier unter ihrem Bett ersticken.

Sie meint mich, dachte ich. Sie kann nur mich meinen.

Und er fragte: ›Wie hast du ihn kennengelernt?‹

Können Sie sich vorstellen, daß ich mindestens so gespannt auf ihre Antwort wartete wie er?

Aber sie sagte nichts. Sie sagte nichts. Sag es, dachte ich, willst du es denn nicht sagen!

›Willst du es mir nicht sagen?‹ fragte er und drehte sich zu ihr, jedenfalls seine Füße taten es.

Sie schwieg.

›Ich werde auf der Straße gehen und jeden Mann, der mir entgegenkommt, werde ich anschauen, und ich werde mir denken, der könnte es sein.‹

Sie schwieg.

›Darf ich raten‹, sagte er. Seine Stimme war inzwischen so hoch, daß man sie für eine Frauenstimme hätte halten können. ›Laß mich raten!‹ piepte er, ich haßte ihn. ›Ich frage und du antwortest. Wollen wir es so machen?‹

Sie antwortete nicht. Jedenfalls hörte ich nichts.

Sie erhob sich vom Bett, ging wenige Schritte durch den Raum. Dann setzte sie sich wieder. Ich sah ihre Hand. Das waren kräftige, sehnige Finger, ein schmaler Handrücken, der von einem grazilen Netz feiner Adern strukturiert war. Was braucht ein Mathematiker mehr? Alles läßt sich aus dieser Hand berechnen: daß sie eine Zunge hatte, die beim Sprechen auf- und abging, und daß ihre Augen so aussahen wie die Augen aller Menschen auf der Erde, ziemlich genau so. Daß sie aus menschlichem Stoff gemacht war.

Da meldete sich auf einmal der Spaßmacher wieder. ›Jetzt bist du eingeklemmt, wie ich in deinen Füßen eingeklemmt war‹, sagte er.

›Ja‹, sagte ich.

›Und ist das gut?‹

›Ach‹, sagte ich, ›es ist nicht schlecht.‹

›Ich würde dich gerne in meine Achselhöhle einladen‹, sagte er.

›Nicht nötig‹, sagte ich. ›Geht schon. Doch, doch.‹

›Ich glaube es dir‹, sagte er. ›Verliebst du dich jetzt zum vierten Mal in sie?‹

›Ja‹, sagte ich, ›jetzt verliebe ich mich zum vierten Mal in sie.‹ Und da verliebte ich mich zum vierten Mal in Marianne. Ich bangte um unsere Liebe. Die sie oben im offenen Kampf verteidigte. Die ich unten, im Exil unter ihrem Bett, bewahrte.

Sie öffnete ihre Stiefel, schlüpfte heraus. Sie hatte über ihre Füße dunkelblaue Strümpfe gezogen. Einmal nur bewegte sie die Zehen. Ihre Füße verschwanden aus meinem Blickfeld. Er ging auf das Bett zu. Und dann sah ich auch seine Füße nicht mehr. Ich spürte die Bewegungen ihrer Körper über mir. Hörte seinen jagenden Atem. Sei ihm eine störrische Beute, dachte ich.

Dann war Stille.

›Willst du nicht doch in meine Achselhöhle kriechen‹, fragte der Spaßmacher.

›Ja, vielleicht sollte ich es versuchen‹, sagte ich.

›Aber beeil dich‹, sagte er.

Ich hörte Marianne kichern. Der Mann kicherte auch. Dann hörte ich ihn weinen ... – Sagen Sie selbst, ist es nicht widerlich, wenn ein solcher Koloß weint?«

Er sah mir gerade ins Auge, und ich hielt seinem Blick stand. Seine Gesichtshaut war inzwischen beinahe durchsichtig weiß, Schweißperlen hatten sich in den Koteletten verfangen.

»Woher wollen Sie wissen, daß er ein Koloß ist?« sagte ich.

»Sie sind auf seiner Seite«, sagte er und biß sich auf die Unterlippe. Und ohne die Lippe aus den Zähnen zu lassen, sagte er: »Ich spüre es schon die ganze Zeit. Sie helfen nicht zu uns.«

»Wen meinen Sie?«

»Marianne und mich.«

»O doch«, sagte ich, »o doch, natürlich helfe ich zu Ihnen. Aber was mich interessiert: Wie sind Sie wieder unter dem Bett hervorgekommen?«

»Ist das wesentlich?«

»Ich denke schon.«

»Es ist nicht wesentlich, glauben Sie mir.«

»Ich möchte es trotzdem wissen. Wie sind Sie unter dem Bett hervorgekommen?«

»Wie denken Sie?«

»Wie soll ich es wissen?«

»Ach, es gibt doch nicht so viele Möglichkeiten. Sie helfen nicht zu Marianne und mir, und deshalb sage ich es Ihnen nicht, sondern lasse Sie raten. Los, raten Sie!«

»Gut«, sagte ich, »kein Problem. Ich rate. Entweder Sie sind unter dem Bett hervorgekommen, als beide da waren oder nachdem er gegangen war oder nachdem sie gegangen war oder nachdem beide gegangen waren. Vier Möglichkeiten.«

»Keine davon«, sagte er.

»Oh«, sagte ich.

»Ja«, sagte er.

»Eine andere gibt es aber nicht«, sagte ich.

»Meinen Sie? Sie sind ein schlechter Mathematiker. Sie bedenken nur, was zwischen die Finger paßt. Die Verfassung des Menschen aber ist ihrem Wesen nach Ungewißheit.«

Ich wurde ärgerlich. »Aha«, sagte ich. »Keine der vier Möglichkeiten. Aha. Schön. Wie sind Sie denn herausgekommen?«

Er blickte an mir vorbei zur Tür. Ich folgte seinem Blick. Aber da war nichts, was seine Aufmerksamkeit hätte ablenken können.

»Gar nicht«, sagte er.

»Wie bitte?«

Er erhob sich, wischte sich mit dem Ärmel seiner schwarzen Jacke das Gesicht ab. Sein Haar war nach vorne gefallen. »Vielleicht«, sagte er mit einem Lächeln, das sauer aussah, weil er dabei nur die Zähne des Unterkiefers zeigte, »vielleicht liegt er noch immer unter dem Bett. Wissen wir es?«

»Ich verstehe Sie nicht«, sagte ich.

»Hören Sie zu«, sagte er und beugte sich dabei über den Tisch zu mir herunter, »hören Sie genau zu! Der Spaßmacher lag unter dem Bett. Und wenn Sie mich fragen, ja, ich vermute, er liegt immer noch dort. Er hat mich gebeten, mit ihm zu tauschen. ›So viel Glück‹, sagte er, ›du hast so viel Glück. Und ich? Was habe ich?‹ – Meine Güte! Was hätte ich tun sollen? Man kann nicht so glücklich sein, wie ich es war, man kann sich nicht in vier Tagen viermal in dieselbe Frau verlieben, man kann nicht im Himmel sein, und dann sich herzlos geben, wenn einer so um ein kleines Stückchen von diesem großen Glück bettelt. Verstehen Sie das?«

Er holte mit dem Arm aus, machte eine Bewegung, wie sie vielleicht ein Torero macht, wenn er den Stier zu sich winkt, und dann sagte er: »Einen Augenblick, mein Herr, ich komme gleich wieder, ich muß nur schnell telefonieren.«

Und ging.

Er ging an dem Tischchen mit den Zeitungen vorbei, winkte mir zu und kam nicht wieder. Darin bestand seine Freiheit …

Deuticke
A-1010 Wien, Hegelgasse 21

Umschlaggestaltung: Robert Hollinger
(unter Verwendung des Gemäldes *Femme nue dans
un fauteuil rouge,* von Félix Vallotton)
Druck: Wiener Verlag, Himberg bei Wien

5. Auflage

Printed in Austria

ISBN 3-216-30301-2